JN100150

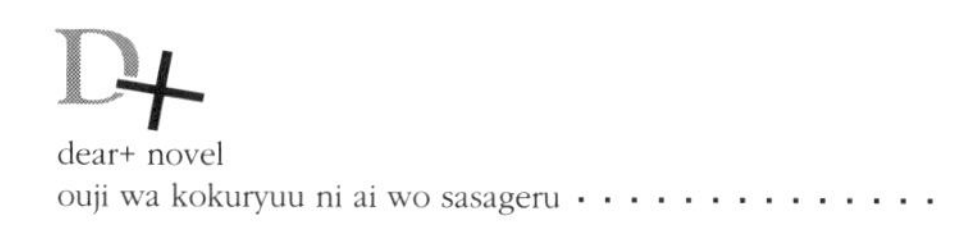


# 王子は黒竜に愛を捧げる

名倉和希

新書館ディアプラス文庫

# 王子は黒竜に愛を捧げる

contents

illustration：黒田 屑

王子は黒竜に愛を捧げる

エリアスは音楽を愛している。そして音楽に愛されてもいた。

最後の一音まで吹ききって横笛を唇から離すと、目の前の椅子に座って耳を傾けていた母親のサリーがパチパチと拍手をしてくれ、満面の笑みになった。

「素晴らしかったわ、エリアス。特に高音が続くところ。まるで本物の小鳥が歌っているようで、ここは森の中だったかしらと錯覚(さっかく)するほどだったわ」

「……ありがとうございます」

手放しで褒(ほ)められて、嬉しいけれど照れくさい。

後宮(こうきゅう)にあるサリーの居室を訪れたのは五日ぶりだった。一人息子のエリアスとしてはもっと頻繁(ひんぱん)に会いに来たいのだが、成人済みのため後宮への立ち入りは制限されている。とはいえまだ十八歳。成人して二年しかたっておらず、学ばなければいけないことは山ほどある。さらに国軍の騎馬兵としての訓練もあるため、それほど自由な時間はない。

「つぎはなにを吹いてくれるのかしら?」

「『春の微睡(まどろ)み』を」

「とても好きな曲よ」

出だしのフレーズを静かに吹きはじめると、母がうっとりと目を閉じた。エリアスも目を閉じて、いまの季節にぴったりの曲を演奏する。

大陸の中部に位置する、このコーツ王国は春真っ盛りだった。王都には花が溢(あふ)れ、無骨な城(じょう)

塞都市である王都コベットを彩っている。城壁の外もきっと若葉が芽吹き、牧草が青々と茂りはじめているだろう。

気持ちよく演奏していたところに、扉を叩く音が被さった。部屋の隅で控えていた侍女が扉を開けると、父王の侍従が立っていた。部屋の主であるサリーの意向を尋ねることもなく、勝手にずかずかと入ってくる。

「エリアス殿下、こちらにおいででしたか。探しました」

咎めるような目で冷たく見下ろされ、思わず睨み返す。自分に対して無礼ではない侍従の方が少ないという現状ではあったが、さすがに母に対してこれでは不愉快になる。

「今日の午後は母上に会うと、届け出がしてあったはずです。私の部屋の者にも言付けてきました」

「そうでしたか。わたくしは聞いていませんので」

しれっとそう言い、「陛下がお呼びです」と重大な用件を告げてくる。

「父上が？　私を？」

こんなことは滅多にない。後宮に数え切れないほどの愛妾を置いている父王は、エリアスを含めて十人の王子と八人の王女を産ませている。関心があるのは王太子と騎士になる能力があった王子だけ。あとは国内外の有力者に嫁がせる駒と見ている王女だ。

九番目の王子で騎士になれなかったエリアスに、父王は無関心だ。会うのは新年を祝う会以来になる。

「まあ大変。エリアス、すぐ支度してお行きなさい」

母に背中を押されて、エリアスは急いで自室に戻った。

「お早いお戻りですね」

エリアスの部屋付き侍従は幼少期から専属でそばにいてくれる者たちばかりで、みんなすでに中年だ。のんびりと休憩していたところに部屋の主が帰ってきて、侍従たちは驚いていた。

「父上に呼ばれた。すぐに支度をする」

「それは大変です」

横笛を片付け、侍従に手伝ってもらいながら急いで着替えた。

姿見にうつっているのは、平均的な十八歳男子より一回り以上も華奢な青年だ。少年と言った方がしっくりくる。小柄なのは母似。それだけでなく赤銅色の巻き髪と、白い肌も母親譲りだ。エリアスは鳶色の瞳以外、父王に似なかった。そうした点も、顧みられていない理由なのかもしれないが。

なんとか支度が整い、父王のところへ向かった。

「遅い。私を待たせるとは、ずいぶんと偉くなったものだな、エリアス」

玉座にだらしない姿勢で座った父王・グラディスは、顔を合わせるなり叱りつけてきた。

「申し訳ありません」

とりあえず謝罪し、父王の前に膝をついた。

でっぷりと太った腹がまず視界に飛びこんでくる。王太子時代には騎士として従軍したこともあるらしいが、今年七十歳にもなるグラディスはエリアスが生まれたとき、すでに五十二歳だった。いまの姿からは、剣を振るっていたときのことは想像できない。加齢が表れた顔はたるみきり、頭髪はほぼない。二重顎を隠すためか、顎鬚を長く伸ばしていた。

不機嫌そうなグラディスだが、「まあ、いい」とひとつ息をついた。

「そなたはたしか十八になったな」

「はい」

頷きながらそっと周囲に視線を巡らせ、玉座の脇に軍服を着た痩身の男を見つけてハッとした。ジェローム・パークスだ。国軍の大尉で、エリアスの直接の上司になる。

赤みがかかった金髪は後ろに撫でつけてあり、額を露わにしている。顔色が良くなく、表情が冴えないのはいつものことで、濁った褐色の瞳と目が合ってしまい、エリアスはさり気なく逸らした。

「エリアス、そなたに任務を与える」

「えっ……」

「西の秘境へ出向き、竜を捕らえてこい」

息を飲んだ。愕然と父王を見つめる。

秘境へ行き、竜を捕まえてくる――つまり「竜狩り」だ。まさか自分のような、軍に在籍していても実戦経験がない、それどころか王都からほとんど出たことがなく、長時間の乗馬すら慣れていない者に、そんな王命が下るとは思ってもいなかった。

王の息子として後宮で生まれたエリアスだが、王子でありながらあまり剣士の素質がなかった。この国の慣習として、王族の男子は騎士を目指す。軍の中心的存在となって国に貢献するのが習わしだった。横笛がいくらうまく吹けたとしても、王族の男子としては意味がない。貴族以上の身分にある者たちにとって音楽は嗜みのひとつでしかなく、それを生業にするのは平民と決まっていたからだ。

幼児期からエリアスにも騎士としての訓練が課された。父王の期待に応えるため、平民出身の母親に安心を与えるため、エリアスは頑張った。しかし、騎士への道は険しく、平凡な兵士としての能力しかなさそうだと烙印を押されたのは成人を迎える前年、十五歳のとき。

そのころにはエリアスにも自分の限界が見えていたから、激しく落胆することはなかった。指導してくれた剣技の師や応援してくれた専属侍従たちなど、周囲の人たちをがっかりさせてしまったことは申し訳なかったが、エリアスは馬の扱いを評価され、騎馬兵として軍籍に入れたことを喜んだ。王子として生まれたからには国に貢献したかったし、なによりも父王に認められることが母親への孝行になると思ったからだ。

ところが、戦場への出陣ではなく、「竜狩り」の王命が下ったのだ。

とんでもないことになった……と、エリアスは背中に嫌な汗をかいた。

「そなた、随分と熱心に軍事訓練に参加しているそうだな。パークス大尉に聞いたぞ。国のために、私のために、その身を捧げてもいいと決意しているとか。竜狩りを志願するとは、見直した。良い心がけだ。見事、竜を捕らえてこい」

父王がなにを言っているのか、俄には理解できなかった。エリアスは竜狩りを志願したことなどいない。

「パークス大尉、吉報を待っているぞ」

「陛下、重要な任務に私を指名してくださって、ありがとうございます。エリアス殿下をしっかりと補佐し、かならず竜を捕らえて参ります」

一歩前に出て、パークスが敬礼する。頼もしい言葉を堂々と口にして父王を喜ばせている上官を、エリアスは驚愕の目で見遣った。彼が自分自身の武勲のために、エリアスを担ぎ上げたのか。

パークスは由緒ある貴族家の出であり、剣の腕が立つ騎士だ。しかし自分が率いる部隊の訓練を監督するよりも、気の合う貴族仲間と遊ぶことを選ぶような大尉だった。どこか浮ついた空気をまとい、できるだけ楽に出世できないものか、金儲けできる話はないものかと呟いたのを聞いたこともある。

（まさか、大尉は金目当て？）

竜狩りには支度金が支給される。いままで何度か竜狩りの部隊は派遣されてきた。そのたびに大金が動いている。支度金とは、派遣が決定されたときに、文字通り行軍の支度のために出される金なので、狩りが失敗に終わっても返金する必要はない。

もしかしてパークスは、その支度金目当てに、エリアスが志願しているなどと父王に進言したのだろうか。

たとえそうでも、「それは嘘だ、志願していない」とここで拒絶することはできなかった。そんなことをしたら父王の怒りを買うだけだ。

「行ってくれるな、エリアス」

「はっ、かならず竜を捕らえてまいります」

そう、言うしかなかった。

父王が先に王の間を出て行き、それを見送る。側近や侍従たちがぞろぞろと退室していってから、パークスがエリアスに近寄ってきた。妙に温い目で見下ろされる。

「エリアス殿下、怒っておられるか?」

「私は竜狩りを志願した覚えはありません」

小柄なエリアスは、パークスの肩ほどしか身長がない。上官を睨み上げると、「説明してください」と詰め寄った。

「説明もなにも、聞いたとおりですよ。我々は協力して秘境まで出向き、竜狩りに挑む。それだけです」

「それだけ？　よくもそんな――」

「これはもう決定事項です。王命ですから、逆らうことは許されません。殿下、陛下の怒りを買ってサリー殿を悲しませたくはないでしょう？」

母の名前を出されるとエリアスはなにも言えなくなる。パークスはそれをよくわかっていた。

「出発は三日後です。万が一のことを考えて、身辺の整理をしておくことをお勧めします。サリー殿にもきちんと挨拶をしておいてくださいよ」

パークスは緊張感のないニヤけ顔で去っていった。

王の間に一人残されたエリアスは、やり場のない憤りと戸惑いを抱え、立ち尽くすしかなかった。


コーツ王国のグラディス王が竜という生き物に固執していることは、自国の国民だけでなく、近隣諸国にも知れ渡っている。これまでに何度も秘境へ「竜狩り」の部隊を派遣しては失敗してきた。そして唯一、竜を所有しているサルゼード王国に執拗に関わろうとしてきたからだ。

国境を接している大国サルゼード王国に竜が現れたのは、いまからちょうど三十年前。

灰青色に輝く鱗を持つ美しい竜は、サルゼード王国のオーウェル将軍と「血の絆」を結び、使役されることになった。その詳しい経緯までは知られていない。

一時はサルゼード王国が竜を使って周辺諸国に攻め入って領土を広げるつもりだと噂が広がり、大陸全土を揺るがす大騒ぎになった。しかしサルゼード王国は周辺諸国に戦争を仕掛けるそぶりはなく、竜をこれ見よがしに見せびらかすこともせず、浮き足立っていた国々はやがて落ち着いていった。

それから三十年たつが、オーウェル将軍はいまだ現役で軍籍についている。サルゼード王国を訪問したことがある元大臣の話では、オーウェル将軍は六十歳を過ぎているはずなのに若々しく、剣技に衰えは見られなかったそうだ。つねに側にいる竜に不思議な魔力があるせいだとか、その血には若返りの効力があるにちがいないとか色々と噂されているが、どれが真実なのかコーツ王国で知っている者はいない。

三十年前から、グラディスは竜を求めている。コーツ王国はもともとあまり豊かな国ではなかった。国土を広げたいがために、たびたび周辺国に戦争を仕掛けていたが上手くいかず、戦費のせいで国力がじわじわと弱っていた。竜さえ手に入れれば、すべてが解決すると思いこんだのかもしれない。

竜が棲むという秘境へ、何度も「竜狩り」の軍を派遣した。それがことごとく失敗すると、十五年前には第五王子ダニエルと第六王子コンラッドを同時に秘境へ送りこんだ。結果は惨憺たるもので、竜の住処にたどり着く前に軍は前人未踏の密林と険しい山に進行を阻まれ、二人の王子は秘境の濃霧に飲みこまれて帰ってきていない。

そして十年前、グラディスは竜を奪うためにサルゼード王国に攻め入った。オーウェル将軍を殺すことができれば、竜を操れると安易に考えたらしい。オーウェル将軍はかの国のヴィンス王にとって父親代わりと慕う人物であり、竜の使役者として大切な存在だった。コーツ王国の一方的な宣戦布告に、ヴィンス王は激怒した。

両軍は国境で激突。軍力に勝るサルゼード王国軍はコーツ王国軍を蹴散らし、とどめとばかりに竜と将軍を最前線に送りこんだ。その異形に恐れをなしたコーツ王国軍は総崩れ。勢いに乗ったサルゼード王国軍は、一気にコーツ王国の中心部へ進軍した。

そのときのことを、エリアスは覚えている。当時の王都は国の中央に位置し、王城は大きく、後宮は贅沢な造りだった。隣国との戦いが劣勢だなどと知らされていなかった王都は迫り来る敵軍に大騒ぎになり、まだ八歳だったエリアスは母に手を引かれて他の愛妾とともに馬車に飛び乗った。戦火を避けて何日も過酷な旅をし、やがてたどり着いたのが、いまの王都である地方の城塞都市コベットだった。

その戦いで、コーツ王国は国土の三分の二をサルゼード王国に奪われた。

そんな過去がありながら、グラディスはまだ竜を諦めていない。齢七十にして、いまだに夢を見ているのだ。

竜の住処があるのは秘境と呼ばれる場所。険しい山々と深い谷、立ちこめる濃霧、生い茂る樹木と毒を持つ虫や蛇に、竜たちは守られている。だからこそ、五百年以上前に姿を消した竜がまだ生きていたことを、人間は三十年前まで知らなかったのだ。それほどに秘境の壁は厚い。

十五年前に秘境の霧に消えた異母兄たちは、立派な騎士だったという。彼らですら遂行することができなかった「竜狩り」が、果たして自分にできるのか？

いままで自分を見下し侮っていた者たちを見返すために手柄を立ててみせよう、という熱い思いは湧いてこない。秘境と竜という未知のものへの畏怖が、胸の中で大きくなるばかりだ。とはいえ、怖気づいて震えているわけにはいかない。王命が下った以上、行かなければならないのだ。

エリアスはふたたび後宮を訪れ、母に任務を与えられたことを告げた。

「竜狩り？」

サリーはみるみる顔色を失い、真っ青になった。

「なんてことでしょう。なんてこと……陛下は、いったいなにをお考えに……！」

「母上」

取り乱すあまりに父王を非難しそうになった母を、エリアスは慌てて制した。どこでだれが聞いていて、どんなふうに父王に報告するかわからない。口は災いの元だ。

母は、望んで愛妾になったわけではなかった。父王を男として愛しているわけではないことを、エリアスは子供のころから知っていた。それでもエリアスのために、サリーはグラディスの不興を買うことを恐れ、悪く言うことはなかった。

十九年前、まだ十七歳だったサリーは、王立歌劇団の竪琴奏者として王族の前で演奏する機会があり、そこで親子ほど年の離れたグラディスに見初められた。断ることはできなかった。不敬罪に問われ、親類縁者までも投獄されてしまう。

すでに何十人もの愛妾がいる後宮に入ったサリーは、一年後、エリアスを産んだ。頻繁にサリーのもとに通っていたグラディスだが、やがて新しい愛妾に気持ちを移し、足が遠のいた。残念に思うよりも、むしろホッとしたと、サリーは後にエリアスに口を滑らせている。寵愛されればそれだけ他の愛妾たちの妬み嫉みが向けられるからだ。

サリーはエリアスの育児を乳母に任せきりにはせず、できるだけみずから面倒を見た。愛情を注ぎ、音楽の楽しさも教えた。高価な宝石もドレスも求めない。ある程度の生活が保障されていればそれでいい――。贅沢が許される後宮住まいだったが、サリーは質素を好んだ。

最近では、エリアスが成長したことによって時間に余裕ができたため、暇を持て余している他の愛妾たちに請われて演奏会を開いたり、貴族の子女に音楽の手解きをしたりしている。そうしているときの母は、とても生き生きしていた。本来なら王の愛妾が平民の音楽家のような真似は許されないが、報酬を受け取っていないので黙認されている。

慎ましく生きている母を、エリアスはこれからも守っていきたいと考えていた。たとえ父王に目を掛けてもらえていなくとも、王族としての責任を果たし、国を守り、母親を慈しむ。このまま日々は流れていくと思っていた——。

「どうしてあなたが行くことになったの。竜狩りなんて、無事に戻れるとは限らないのに」

エリアスの異母兄が二人も秘境で行方不明になっていることを、サリーも知っている。安心させるためだけなら、「すぐに手柄を立てて帰ってきます」と言えばいい。しかしエリアスは生真面目な性格上、安易な言葉は口にできなかった。

「……無事に帰れるよう、努力します」

「ああ、エリアス」

息子の前で泣くまいと母が必死で涙をこらえているのがわかっても、エリアスはかける言葉が見当たらない。こんなとき、自分の不器用さが恨めしくなる。

なんとかして気を落ち着けたサリーが、「エリアス」と顔を上げた。細い手で弱々しく息子の手を握ってくる。

「みっともないところを見せてしまって、ごめんなさい」

そして無理やり作ったとわかる笑顔になった。

「いいえ」

「竜が棲むという秘境は、とても遠いと聞きます。帰ってきたら、私に話を聞かせてちょうだい。旅のことや、途中の町のこと、秘境のこと、なんでもいいわ。私はここであなたの無事を祈っています」

「はい……」

エリアスもぎゅっと母の手を握り返した。心を乱した母を慰めるために、ここで笛でも吹いてあげたいところだが、王都を発つまで三日しか猶予がない。行軍の装備を整えなければならないし、パークスとの打ち合わせも必要だろう。

出立前にまた挨拶に来ると言い置いて、エリアスは後宮をあとにした。

その足で、王が住まう城とは別棟に住む第四王子ルーファスを訪ねた。出迎えてくれた老いた侍従はすでに竜狩りのことを耳にしているらしく、なにも尋ねることなく「殿下がお待ちです」と書斎へ案内してくれた。

「ああ、エリアス、待っていたよ」

壁一面の書籍に囲まれた異母兄が、机の前の椅子に座ったまま両手を広げて歓迎してくれた。ルーファスは肩より長い銀髪を首の後ろでひとつに括っており、色白で細身だ。兄ではあるが年が離れていて、もう三十代半ば。エリアスよりも母のサリーと年が近い。勉学に優れ、博識であらゆる分野に精通しており、エリアスの学業の師のような存在だった。

立ち上がろうとしたルーファスに、エリアスは慌てて肩を貸した。

「ありがとう。あちらのテーブルに移動しよう」

右足に麻痺があるルーファスは、一人で移動するときは杖か介助が必要だ。幼児期に大病を患ったのが原因らしい。騎士になれなかったせいで父王からは見放されている。

しかしルーファスはそれに腐ることはなく、いつか自国のために役立てる日が来ることを信じて、国政について日々学んでいた。周辺諸国の情報収集も欠かしていない。ルーファスのそうした心がけは周囲の者たちに知られており、最近は高位の文官が政に関しての意見を求めに来ることがあるとか。ルーファスが王太子である長兄を差し置いて、高齢の父王の補佐として国政に携わる日は近いかもしれなかった。

テーブルにつくと、老侍従がお茶を運んできてくれた。ルーファスが鳶色の瞳を向けてくる。父王ともエリアスともおなじ色だ。父王から受け継いだ瞳は、母とおなじくらいの優しさでエリアスを見つめてくれる。

「聞いたよ、竜狩りを命じられたんだって？」

「はい……。三日後に出発します」

「竜狩りか……。しかもパークス大尉と……」

ルーファスは深々とため息をつき、沈痛な面持ちになる。エリアスが相談したことがあるので、パークスがどんな人物なのか知ってくれていた。

「父上はもういい加減に竜を諦めてくださらないかな。竜なんて、手に入ってもなんの解決にもならない。いったい何人、自分の息子の命を危険にさらせば気が済むのか……！」

自分のために怒ってくれている兄を、エリアスは感謝の気持ちをこめて見つめた。

「私にもっと力があったら、おまえを助けてあげられたのだが――すまない」

「兄上、そのお気持ちだけでじゅうぶんです」

「いいか、パークス大尉を信用するな。おまえから彼の人となりの話を聞いたあと、じつは少し人脈を使って調べてみた。あの男は剣の腕は立つようだが清廉潔白とは言い難い。軍の物資を横流しして私腹を肥やしているという疑惑がある」

ルーファスがパークスを調べていたなんて知らなかった。

「おそらく貴族間に仲間がいる。それを突き止めることができたら排除できるのだが……まだ無理だ。遠征の経験がないエリアスを、そんな男に託すのは不安で仕方がない。パークス大尉がエリアスを守ってくれるとは思えないからだ。あの男は部下の手柄を取り上げることに、なんの痛痒も感じないと聞く。それどころか、自分の都合で部下を見捨てることに心を痛めもしないらしい。それもそうだろう、辺境の砦ならまだしも王都下で軍の物資を横流しなど、大胆不敵なことをしでかすような輩だ。エリアス、なにがあっても帰ってこい」

肩に手を置かれ、ぐっと力をこめられた。

「命さえあれば、そのあとはなんとでもなる。手ぶらでいいから帰ってこい。いざとなったら、おまえ一人くらい、私が父上から逃がしてやる」

そこまではっきりルーファスが宣言したことに驚いたが、エリアスは笑顔で「ありがとうございます」と礼を言った。たぶん、一人だけで逃げようと思う日は来ない。いまのエリアスには、母よりも大切なものはない。守りたいものもない。

いつか、母よりも愛する人ができるのかもしれないが、まだ少年期を脱し切れていないエリアスには、それは遥（はる）かかなたにぼんやりと浮かぶ陽炎（かげろう）のようにつかみ所のない感覚でしかなかった。

◇

　窓から太陽の傾き具合を見たアランは、その場に靴を脱ぎ捨てた。羽織っていたシャツとズボンも躊躇（ちゅうちょ）なく脱ぎ、全裸になって丸太小屋を出る。

　丸太を組み上げただけの簡素な小屋の前には、広めの平地が作ってあった。そこにだけ樹木は茂っておらず、人為的に平地を造成したのだとわかる。周囲は鬱蒼（うっそう）と木々が茂る森だ。振り返れば険しい山々の峰。西の空に太陽が沈（しず）みかけている中、アランは裸足で草を踏みしめて立った。屈強な四肢（しし）からフッと力を抜き、体内を巡（めぐ）る竜人の血を目覚めさせる。一瞬後には、そこに漆黒（しっこく）の鱗を持つ巨大な竜が現れた。

　一対の翼を広げ、ばさりと上下に動かす。それだけで強風が起こり、周囲の木々が大きく撓（しな）った。もう一度上下に動かせば、体がふわりと浮いた。一気に上空まで上がり、丸太小屋が豆粒（まめつぶ）にしか見えなくなってから、茜色（あかねいろ）に染まった空を移動しはじめた。

　人間たちに秘境と呼ばれている森林地帯を一刻もかけずに飛び越え、アランは竜人族の村に降り立った。村の中心にある広場には、顔見知りの竜人が布を手に待っていた。人間の姿に戻ったアランに、抱えていた布の一枚を渡してくれる。彼は月に一度の会合に訪れる竜人たちに布を配る係だ。

「今日は来たな、アラン」

渡された布を腰に巻き、下半身を隠す。

「また面倒事が起きるらしいからな」

「さすが耳が早い。やはり、ただ人間の街で遊んでいるわけではないんだな」

肩を竦めて否定も肯定もせず、アランは竜人族の王の住処に向かった。

住処と言っても洞窟だ。竜人はほとんどの時間を竜体で過ごす。その方が秘境での生活に適応できるからだ。鱗に覆われた体は暑さ寒さに耐性があるし、毒蛇や猛獣に襲われても傷つくことはない。わざわざ山の裾野に小屋を建てて人間の姿で暮らしているアランは、一族の中では「変わり者」なのだ。王の弟という、他の竜人たちがあまり口出しできない立場を最大限に利用していた。

洞窟の奥には、すでに数人の竜人が集まっていた。一族を長年統率している長兄と補佐役の次兄、その息子たちだ。

長兄の顔を見るたびに、アランは「あの子は元気かな」と珍しい灰青色の鱗を持って生まれた甥っ子を思い出す。竜人族はみんな暗い色の鱗を持つ。その方が自然に溶けこめるからだ。光り輝く真冬の氷のような竜体をしたアゼルは、山の中でよく目立っていた。

長兄には男女あわせて二十五人の子供がいたが、末っ子のアゼルは生まれたときに母親を亡くしたこともあり、一族から爪弾き(つまはじ)にされ、孤立していた。可哀想(かわいそう)だなと思ったアランだが、そのうち長老的存在の占い婆(うらなばばあ)がアゼルに目をかけはじめたので口を出さないことにした。

三十年前にアゼルが村を出て行くことになった詳細(しょうさい)を、アランはよく知らない。その前から村では生活しておらず、自作の丸太小屋にいたからだ。アゼルがサルゼード王国の将軍と知り合い、血の絆を結んだことは人間の街で耳にした。人間たちは、伝説の竜が生きていたという事実に興奮していた。

正体を隠して場末の酒場で飲んでいたアランは、その話を聞いて嫌な予感がした。

竜人族の村で虐げ(しいた)られていたアゼルが、信頼できる人間を見つけて一族から去って行ったことは、まあ仕方がない。アゼルはもう大人で、自分の行く道を自分で決められる年だった。

ただ竜の存在が明るみに出たことは、憂慮(ゆうりょ)すべき事態だった。

案の定(じょう)、欲に取り憑(つ)かれた人間たちが、竜を捕らえようと秘境にやって来るようになった。そう簡単には攻略できない前人未踏の地ではあるが、竜人族は人間たちの動向に気を配るようになった。

月に一度の集まりは昔から行われていたが、この三十年間は主(おも)に人間たちの動きについて話し合われている。会合の場には大木の幹を輪切り状にしただけの椅子が並べられていた。親族たちはみんな体に布を巻いただけの格好だ。普段は竜体なので衣服は必要ないとはいえ、人間の街に出入りしているアランからしたら、半裸の男たちの集団は奇妙で馴染めない。

「アランが来たので、そろそろはじめるか」

長兄がみんなの注意を引き、「まず先月生まれた子供のことからだ」と隣に座る息子たちに報告を促す。

「ニックとメイのあいだに生まれた卵が予定通り孵った。男の子だった。去年のいまごろと比べておなじくらいの数の卵が孵っている。異常は見られず、順調だ」

「そうか、よかった」

長兄の頷きに、座を囲む面々も同意する。だれとだれが夫婦になりたいという申し出があったとか、年寄りのだれが弱ってきただとか、そういうことも報告された。

人間社会と決別してから五百数十年。竜人族の数は減っていないが増えてもいない。現状維持が王である長兄の役目なので、悪いことではなかった。

竜人族には発情期があり、半年に一度、七日間ほど続く。夫婦が協力してその時期を合わせ、うまく性交しなければ子供をつくるのは難しかった。人間よりも長命ではあるが、一年中発情することができる人間よりも子供ができる確率は低いのだ。

アランはいままで妻帯したことはない。独り身のままだと発情期が来ると辛いので、竜人族は成人すると年頃が合う相手と結婚することが多かった。しかしアランは発情期の辛さよりも独り身の気楽さを取った。

それに本気で好きな相手がいなければ、発情期はそれほど激しくはない。竜体で一晩中、空を飛び回って体を疲れさせ爆睡するか、人間の姿になって自慰をするかで発散すれば凌げるていどだ。

「では次、また人間どもがこちらに向かっているという知らせがあった。アラン、なにか知っているか？」

「俺が街で耳にした話だと、コーッ王国がまた竜狩りの部隊を出したようだ」

「コーッ王国か。懲りないな」

吐き捨てるように長兄が言う。自分の末息子が村を出てからはじまったコーッ王国の竜狩りに、かなり思うところがあるのだろう。

竜人族は、人間は残酷で恐ろしい性質の生き物だと幼少期から教育されて育つ。

かつて竜人族は人間に使役されていた。人間は竜を戦争に使い、さらに過酷な労働を課した。力尽きて死ねば鱗を剥いで武器に加工したり、瞳をえぐり取って宝石のように磨いて珍重したり、血や骨は万能薬として売りさばかれたりしたという。先人たちは悲惨な生活から逃れるために、人間と決別することにした。安住の地を求めて秘境に来たと言い伝えられている。

竜人族の寿命は約二百年。いまこの集落に住んでいる竜人はすべて、人間と暮らした時代を知らない。頭に入っている「人間は残酷で恐ろしい生き物だ」という知識は、教育によって刷り込まれたものだ。アランもそう教えられてきた。

しかし、夜中にこっそり人間の街の上空を飛んでみると、整然と敷かれた道と石造りの住居が月明かりに照らされ、郊外の農場には牛や馬がきちんと世話をされて飼育されていた。人間たちは穏やかに日々の営みを紡いでいる。すべての人間が非道な行いをするのではないのかもしれない――と思い、アランは何十年か前に、人間の姿になって街に出かけてみたのだ。

人間の街は活気に溢れていた。国が定めた通貨によって物の取引が為され、様々な商品が市場に並び、子供は笑顔で駆け回っている。やはり、良い人間もいれば、犯罪に手を染める悪い人間もいる。悪い人間を取り締まる組織があり、国がすべてを管理していた。

自然に溶けこみ、自然とともに生きて死んでいく竜人族とは、まるで違っていた。

人間の街では、金さえ出せば花街で女も抱ける。アランは試しに日雇い労働で金を稼いでみて、娼妓を買ってみた。それまでたいした経験がなかったアランは、人肌の温かさと優しさを覚えた。驚いたことに花街には男娼館もあり、興味本位で試したこともあるが、どちらかというと女の方がよかったのでハマらなかった。

酒場で飲み食いすることも覚えた。初対面の男たちと娼館の話をするのは楽しかったし、日雇い仕事の情報を仕入れるのに役立った。

その後、アランは竜人族の村から少し離れたところに丸太小屋を建て、そこで暮らすようになった。人間の真似をしたいわけではない。ただ竜体で過ごしていると手が使えず本が読めないし、料理ができない。

竜人族の村では人間たちに見つからないよう火気厳禁が徹底されている。暖を取るとき、あるいは調理をするときの煙を上げないためだ。だからこそ竜体で過ごしているわけだが、アランはもっと本が読みたかった。それに、たまには森の恵みを自分で調理して食べたかった。人間は滅多に森に近づかない。日が暮れてからこっそり火を焚くくらいなら、人間に見つかることはないとわかっていた。

長兄は村の掟に背いているアランに、当然いい顔をしなかった。けれど「人間社会を知るためにこうしている。小屋は森と荒野の境界あたりを偵察するための拠点だ」と言うと、渋々ながら許可した。

「コーツ王国からどれほどの人数が来るのかは、まだわかっていない」

「詳しいことがわかったら、知らせてくれ」

長兄の頼みに、アランは頷いた。

そのあとは、竜人族の食料となる森の小動物の生育具合や、木の実の熟れ具合についての話、この夏の雨量などが話題にのぼり、お開きになった。アランは長兄からの食事の誘いを断り、さっさと洞穴を出る。広場に行き、腰に巻いていた布を取り去ると、竜体に変化した。

王弟の義務として会合には出席しているが、あくびを噛み殺すのが大変だ。たいして興味のない話を延々と聞かされるのは疲れる。

太陽はすっかり西に沈み、夜空には星が瞬いていた。アランは翼をはためかせて一気に上空へ向かう。丸太小屋に戻る前に、秘境と荒野の境目あたりを飛んでみた。

荒野の真ん中に、軍隊の野営地を見つける。篝火がいくつも焚かれ、そこだけにまるで太陽の欠片が落ちたような明るさだ。アランの漆黒の鱗は闇に同化することができる。翼を広げたまま、音もなく近づいていった。

竜人はもともと夜目が利くが、篝火のおかげで天幕の数を正確に数えることができた。繋がれた馬の数、哨戒係の歩兵の数、夕食の支度中なのか調理係がかき回している鍋の大きさもはっきり見える。

それらから、アランは今回の竜狩りの部隊はおよそ二百人だとあたりをつけた。

あまりにも警戒心が感じられなくて呆れてしまう。戦力が竜に知られてしまっても構わないと思っているとしたら、随分と侮られたものだ。竜に知性があるとは考えていないのかもしれない。

(まぁ、いい。いまこの地点にいるということは、秘境にたどり着くのは二日後といったところだろうな)

アランは上昇気流を読み、音もなく高度を上げて野営地から離れた。そして静かに丸太小屋へと帰っていった。

◇

王都コベットを発（た）ってから十日目。竜狩りの部隊は荒野を抜け、秘境の端にたどり着いた。目の前には幅の広いイーリィ川が横たわっており、その向こうは鬱蒼と樹木が生い茂る森だ。森は一見、足を踏み入れても大丈夫そうだが、奥へ進めば進むほど木々は密集して生え、岩場も増えて歩きにくくなるらしい。油断すると下草に隠された風穴に足を取られたり、毒を持つ虫や蛇に襲われたりすると聞いた。

そして日が暮れれば空を覆い隠すほど茂った枝葉が、星を隠す。向かうべき方角どころか、現在位置すらわからなくなる。朝になるのを待ったとしても、明け方は濃霧（のうむ）が立ちこめ、視界を真っ白に染めてしまう。無理に移動しようとすると、谷や川に落ちて危険らしい。

エリアスは慣れない行軍で疲れ果てていた。苦楽を共にするうちに打ち解けた兵士たちと励（はげ）まし合（あ）い、やっと荒野の端にたどり着いたが、秘境とまで呼ばれている森の中にいまから入っていく気力も体力もない。それに、太陽はすでに西に傾いていた。いま川を渡っても、森をそれほど進めないうちに暗くなってくるだろう。日が暮れれば森の中は真っ暗になる。

とりあえず今日は川の畔（ほとり）で野営し、森に入るのは明日以降になるのだろうと、エリアスは疑うことなく思っていた。

酷（ひど）い空腹を感じている。もう馬から下りて休憩したい。

食事は日に二度、必要最低限の栄養が取れるていどのものが供（きょう）されるが、年若い兵士たちには物足りない量だった。エリアスをはじめ行軍に慣れていない者ばかりなので、食事内容が平均的なものなのかどうかわからない。おなじく野営用の天幕も、使い古しのボロに見えるが、これがおかしなことなのかどうか判断つかなかった。

エリアスはルーファスに聞いた「パークスによる物資の横流し」疑惑を思い出す。それと同時に、支度金の横領も疑っていた。兵士たちの士気を高め、体力を充実させるために食事は大切だ。天幕等の野営装備も安眠に繋がる。

兵士たちが疲労も露(あら)わな表情をしているというのに、パークスはなにも感じないのか、平然としていた。

「殿下、いよいよおのれの力を発揮(はっき)するときが来ましたぞ。さあ、竜狩りへ出かけてください」

「え？」

パークスが満面の笑みで振り返った。ぞっとするほど気味が悪かった。

「ここ数日、まとまった量の雨が降っていないようです。イーリィ川の水があまり多くない。このくらいなら馬でそのまま渡れます。日があるうちに川を渡り、森の中に入ってみてはどうでしょう」

「……でも、あと二刻ほどで日が暮れるのでは……」

「だからいまのうちに川を渡るのです。私はここで見守っていますから」

愕然として固まるエリアスに、パークスは笑みを消した冷たい目を向けてきた。本気だ。冗談で言っているわけではない。

「……それでは、装備と人数の検討を——」

「そんなものは必要ないでしょう。殿下がお一人で挑めばよろしい。ぞろぞろとお供を連れていかない方が、身軽で動きやすいと思います」

エリアスはごくりと生唾を飲む。つまり、一人で秘境に挑めということだろう。

「パークス大尉、それはあまりにも危険です」

背後から声が上がった。エリアスと親しくしている兵士だった。

「川を渡るのは明日の朝でいいのではないですか」

「すぐに日が暮れます。夜間の秘境は非常に危険だと聞いています」

口々に他の兵士たちもエリアスを庇ってくれる。有り難くて胸が熱くなった。

「それに、殿下はお疲れです。今夜は休んで——」

「おかしなことだ。私は貴様らに意見など求めていないというのに、どうしてこれほどまでに隊の長である私の命令に背く声が上がるのだ？」

パークスが低く言い放つと、兵士たちは口を閉じた。

「私も舐められたものだな。いま声を上げた者たちは、懲罰が怖くないらしい。行軍中の命令に背くと、どんな罰が下されるか知らないわけがないだろう？」

行軍中の命令違反は厳罰に処される。当人だけが除隊、罰金、投獄ならまだ軽い方だ。連帯責任として一分隊、あるいは一小隊がまとめて投獄され、鞭打ちや水責めなどの拷問が加えられることもある。しかし、これは敵前逃亡や裏切りなどの、自国や軍に損害を与えたときに考えられる罰だ。

　行軍とはいえ今回は竜狩りで、しかもあきらかに無謀な作戦を告げられて反論する場合には適さない。そんなことは、この場を仕切る権限を持ったパークスの気持ちしだいでどうとでもなることをエリアスも兵士たちも知っていた。

「いま声を上げたのはだれだ。前に出てきて、名乗れ」

「待ってください」

　この場はエリアスがおさめるしかない。

「命令に従います。私はいまから単独で竜狩りに挑みたいと思います」

　きっぱりと言い切ると、パークスが笑顔になった。

「さすが殿下ですな」

　パークスははなから自分は苦労するつもりはなく、本気で竜を捕らえる気もなかったにちがいない。エリアス一人を犠牲にして、「過酷な竜狩り」を演出して終わらせるつもりだったか。

　ひらりと馬から下りたパークスは、後ろにいた側近から麻袋を受け取り、それをエリアスに差し出してきた。中身は見当がつく。おなじものをエリアスはもう持っているからだ。油紙に包まれたパンと干し肉、乾燥させた果実、水筒が入っている。一日分の非常食だ。差し出されたものを受け取れば、自分のものと合わせて二日分になる。

「二日分の食料があればなんとかなるでしょう。私たちはここで殿下のお戻りを待っていますので、頑張って竜を探してきてください」

「わかりました」

きっと自分の顔色は悪くなっている。ここにたどり着くだけで疲弊しきっているうえに、森の歩き方を知らないし、野宿の仕方だってわからない。絶望的だった。

「あなたには活躍してもらわないといけません。手柄をすべて譲ると言っているのです。秘境の奥には竜がいます。陛下が熱望している竜です。どうぞ、捕らえてきてください」

この三十年間、だれも成し得なかったことを、パークスはわざとらしい口調でいかにも簡単なことのように言う。

エリアスは唇を噛みしめた。憤りをぐっと飲みこみ、パークスに渡されたもう一日分の非常食を荷物に加えた。馬首を転じさせ、川に入る。パークスが言うように水量が少なく、馬も怖がることなく難なく渡ることができた。

対岸の河原で、一度だけ振り返った。パークスの後ろで、庇ってくれた兵士たちが悲壮な表情をしながらもじっとエリアスを見送ってくれている。

手を振るのもおかしな感じなので、エリアスはあえてなにもせずに森に入っていった。

◇

「さて、コーツ王国の部隊がどうなったのか、ちょっと様子を見てくるか」

アランは丸太小屋を出ると、日が暮れて丸い月が昇った夜空を見上げた。今夜は満月だ。雲ひとつない。とても明るいので部隊の野営地にはあまり近づかないでおこう、と決める。

人間たちが放つ矢は成人した竜にとってたいした脅威ではないが、姿を見せるのは得策ではない。竜がみずから秘境から出てきたと、コーツ王国を調子づかせることになりかねないからだ。

全裸になって竜体に変化する。空に浮かび上がり、秘境の端へ向かった。荒野との境目あたりにたくさんの篝火が見える。まだ秘境に入っていなかったのか、とアランは遠目で確認し、早々に引き返そうとした。

そこで、微かに甲高くて細い音が聞こえてくることに気づいた。竜の聴力は人間の何倍もある。その耳が、小鳥の囀りのような美しい音を捉えた。

（ん？　なんだ？）

夜行性の鳥にしては声が高い。そもそも夜行性の鳥はこんなふうに鳴かない。アランは音源を探りながら空を飛んだ。音に導かれるようにして降下していく。

（これは……笛の音か？）

近づくにつれてはっきりと笛の音が聞こえてきた。曲が奏でられている。音は木々が途切れている崖下から発せられていた。だれか人間が落ちたのか。

それにしては助けを求めるような音ではない。ただ静かに、そよぐ風や瞬く星を讃えるような、美しい音階が演奏されている。アランは上空から崖下を覗きこんだ。茂る草の中に座りこむ人間がいた。一人ぽつんと月光に照らされているのは、子供だ。

どうして子供がこんなところに——と不思議に思うと同時に、アランは翼を器用に折りたたみながら崖下に降りる。笛の音が途切れ、子供がアランを見た。

「わあっ！」

驚愕して目を丸くしたまま、動かなくなる。その手からぽろりと横笛が落ちた。その人間は子供のように小柄で少女のように可愛らしい顔をしているが、コーツ王国の軍服を着ていた。

（男か。成人して入隊したばかりのようだな。仲間は近くにいないのか？）

耳を澄ましてみたが聞こえるのは自然の音ばかりで、人間の気配はない。アランの姿に呆然としている少年の全身をざっと目で検分してみたら、左足だけブーツを脱いでいた。足首に布が巻かれている。崖から落ちたときにケガをしたようだ。血の匂いはしないので、他に傷つけたところはないらしい。運がよかった。

さて、この子をどうしよう——と、アランは考える。

野営地にまで連れて行ってやることは容易いが、アランは多くの人間に姿を見られることに

なってしまう。面倒くさい。かといって、ここに放置していては、ろくな装備を持っていなそうだから足が回復しなければ野垂れ死ぬだろう。

仲間が探しに来てくれれば一番いいが、たったひとりでこんなところにいるということは、脱走してきたのかもしれない。脱走が重罪にあたることは、酒場の噂話で見聞きした。愚かなコーツ王国のことだから、この少年兵を部隊に返したところで事情を詳しく聞き出すこともせず、安易に酷い罰を与えそうだ。

(とりあえず、ケガがどれほどのものか見てやりたいな)

アランは自分の小屋に連れて帰ることにした。両手にケガはしていないようなので、もしかしたら、気分次第で笛を吹いて聞かせてくれるかもしれない。

草の中に落としてしまった笛を嘴で拾い、少年に差し出す。怖々と受け取った手は白く、そして細く、とてもではないが戦力になるとは思えないほどか弱く見えた。

少年はアランが危害を加えるつもりがないことを察したのか、笛を麻袋の中にしまい、「ありがとう」と礼を言った。強張る顔で懸命に微笑もうとしているところが、これまた可愛い。

アランは前足を伸ばして少年の腹をむんずと摑んだ。潰さないよう、細心の注意を払う。

「な、なに？　なにっ？」

バタバタと暴れる少年に構うことなく、翼を広げる。二、三度の羽ばたきで木々の上にふわりと浮いた。さらに上昇すると、「わぁ…」と少年が感嘆したような声を上げる。未知の竜に攫われて、たぶんはじめて空を飛んでいるというのに、悲鳴を上げない。なかなか豪胆な性格をしている。少年は静かになった。そのおかげでアランも飛びやすくなる。

アランは小屋に到着すると、少年を傷つけないよう、そうっと地面に降り立った。握っていた前足を開いて少年を地面に置く。自分のせいで左足首以外にケガをさせてしまってはいないか観察したが、大丈夫そうだ。少年は興味深そうにアランを見上げている。

アランは人間の姿になった。癖のある黒髪を両手でかきあげ、ひとつ息をつく。脱ぎ捨ててあった服を拾い集め、手早く身につけた。さて、と振り返ったアランは、魂が抜けてしまったような表情でぽかんと口を開けて地面に座りこんだままの少年と目が合った。

「なんだ、驚きすぎて声が出なくなったのか？」

「い、いえ、あの……」

「手当てをしようか」

ひょいと少年を抱き上げた。見た目通りに軽い。あきらかに少年は戸惑っていたが、さっさと小屋の中に運びこんだ。アランが手造りした丸太小屋は、頑丈なだけが取り柄の寝台と、テーブルと椅子がひとつずつ、隅に書棚があるだけだ。

真っ暗だが、アランにはもちろんすべてが見えている。椅子に少年を座らせ、テーブルの上に置きっぱなしだったランプに火をともした。ぼんやりと室内が照らされる。これで少年の目にも室内の様子がわかるだろう。

「どれどれ」

ズボンを膝までめくり、巻いてあった布を外し、足首を見てみる。やはり腫れていた。患部に触れてみると、「あっ」と少年が声をあげた。

「痛いか？」

「……すこし」

いや、激痛が走ったはずだ。どうやら我慢強い性格らしい。良家の子息にしか見えないが、弱音を吐かないように教育を受けているのか、はたまた単に強がりなのか。

「動かせるか？　よし、骨に異常はないようだ。ちょっと待っていろ」

アランは小屋の外に出て、沈痛作用のある草を探した。こういうとき、夜目が利くのは便利だ。ほかにもいくつか、いまの少年に役立ちそうな薬草を見つけ、摘んだ。竜人族に医者はいない。ケガや病気は、自力で治す。親から子へ、薬草の知識は受け継がれるのだ。

小屋に戻ると、少年は行儀よく椅子から動かずに待っていた。

「これは熱を冷ます効能がある草だ。一晩、これを当ててみて様子をみよう」

「はい……」

患部に薬草を当て、その上からあらためて布を巻く。

そして水瓶からポットに水を汲み、他の薬草を適当に千切って入れる。しばらくすれば薬草の成分が水に溶け出すだろう。

「そういえば、靴を片方、さっきの場所に置いてきてしまったな。あとで探してこよう」

「ありがとうございます」

少年は何度見ても、可愛い顔をしている。赤銅色の柔らかそうな髪は艶々(つやつや)で、まだ幼さを感じさせるふっくらとした頬は白い。鳶色の瞳がアランを捉(と)えた。ニッと笑ってみせると、少年は困惑したように瞬(まばた)きした。

「俺は竜人族のアランだ。おまえは？」

「エ、エリアス・ホルスト……です」

「エリアスか。きれいな響きの名だ。おまえによく似合っている」

少年の白い頬がほんのりと赤くなった。このくらいの褒め言葉など聞き慣れているだろうに照れている。アランは、この少年から汚(けが)れのない清純な心を感じ取った。

「竜って、本当にいたんですね……」

エリアスがぽつりとこぼした呟きに、アランは苦笑いした。

「いるさ。正確には竜人族だけどな」

「竜人族……」

「サルゼード王国に一人だけだが、いるだろう？　会ったことはないのか」

「私は、ありません。私の国とサルゼード王国は国交を断絶していますし、竜の生態についての詳しいことを、サルゼード王国はほとんど国外に漏らしていませんから。あなたは竜人族という種族なのですね」

「そうだ。アゼルは随分とサルゼード王国で大切にされているようだな」

いつも寂しそうだった甥の面影を、アランは思い出す。きっといまは寂しくないだろう。同族が暮らす村ではなく、異なる種族の中で愛されるというのも皮肉なものだ。

「アゼル……。サルゼード王国にいる竜人の名前ですか。アランはその竜人のことを知っているのですか」

「俺の甥っ子だ」

えっ、とまたもや驚いて目を丸くするエリアスに、「俺も聞いていいか」と切り出す。

「おまえはどうしてあんなところに一人でいたんだ？　脱走したのか？」

「いえ、脱走ではありません。上官の命令に従って秘境に入ったところ、その、足を滑らせて崖から落ちてしまって」

「今夜は月夜だったが、それでも人間の目には暗いだろう。夜になってから森の中を移動するのは自殺行為だ。おまえの上官は、夜の森がどういうものか知らなかったのか？」

「……知っていたと思います」

ため息混じりにそう言い、エリアスは顔を上げた。

「あの、さきほど名乗った名前を訂正します。私の名は、エリアス・ホルスト・コーツ。ホルストは母の姓で、コーツは父の姓。現コーツ国王の第九王子です」

「なるほど、そういう訳か」

「なにが『なるほど』なんですか？」

「軍服を着ているが軍人らしくないと思っていたんだ。どう見ても、かなり育ちが良さそうだ。まずその手、剣の稽古はしているだろうが皮膚（ひふ）が硬くなるほどにはしていない。あまり日に焼けた形跡がない白い肌、足だって筋肉がついていない。これでは王都からここへ来るだけで疲れ果てたんじゃないか？」

　図星だったようで、エリアスはムッと唇を引き結ぶ。不愉快そうにしながらも、アランを罵（ののし）る言葉は一切口にしなかった。

「王子として大切にされていたんだろう。王子が派遣されてきたのははじめてではないが、たいして訓練を受けていない風なのに竜狩りに参加したのは無謀としか言えない。しかも単独行動はいただけないな」

「……単独ではありません。馬がいました」

「あの周辺にはいなかったが？」

「逃げたのだと思います。崖から落ちるとき、とっさに手綱（たづな）を離しました。道連れにしては可哀想だと思って」

　道連れか。アランはなんとなくエリアスが置かれた状況を察した。

（第九王子と言っていたし、たぶん王にとっても軍にとっても、あまり重要ではない存在なん

だろう）

アランが笛の音に気づかず、エリアスを見つけなかったら、数日後にはあの場で命が尽きていたに違いない。竜人族は何日か飲まず食わずでも平気な体をしているが、人間がそうではないことをよく知っている。すぐに喉が渇くし、こまめに食事を取らないと栄養が足らなくなるのだ。

アランが経験した労働の中には、港の荷運びもあった。船に積みこむ食料と水の、なんと多かったことか。人間は食糧の確保が大変だなと思ったものだ。しかも竜ならひとっ飛びの距離を、人間は船で何ヵ月もかけて移動しなければならない。そんな苦労をしてでも海の向こうへ行きたいという欲求があることに、アランは感心したものだが。

ふと、椅子に座るエリアスの姿勢がどんどん悪くなってきたことに気づいた。いや、姿勢が悪いというより、疲労と眠気で座っていられなくなっているようだ。ほんのりと頬が赤いままなのは、もしかして足首のケガのせいで発熱しているのかもしれない。

アランは薬草を浸してあったポットの水をカップに注ぎ、エリアスに差し出す。そうなるだろうと予想して用意しておいてよかった。

「……これは？」

「解熱作用がある薬草を浸しておいた水だ。城の医者が配合した薬よりも効き目は薄いかもしれないが、飲まないよりマシだと思う。これを飲んで寝ろ」

カップを受け取ったエリアスは、うっすらと草の色がついた水を凝視している。不衛生かもしれないとか、効能を疑って飲みたくないのなら仕方がない。出会ったばかりの竜人を信用できないのも当然だ。

「無理に飲まなくてもいいぞ」

そう言ってカップを返してもらおうと手を伸ばしたら、「いいえ、飲みます」とエリアスは決意をこめたような口調で言い切り、口をつけた。たぶん喉も渇いていたのだろう。ごくごくと喉を鳴らして、飲み干す。

「味はどうだった？」

「美味しかったです」

世辞ではなく本気でそう思った顔でエリアスは言い、アランにカップを返してくれる。

「この水が美味しいと感じたのなら、熱がある証拠だ。本来なら、この薬草は苦い」

「そうなのですか」

エリアスは自分の額に手を当てたが、よくわからないと首を傾げる。

「薬草に詳しいのですね」

「いや、それほどでも。俺が知っているのは、ほんの数種類だ。竜人族は基本的に治癒力が優れていて、ちょっとした傷なら舐めておけば治る。風邪もほとんどひかない」

「もしかして、竜人族の村には、医師や薬師はいないのですか」

「いない。必要ないからな」

「それは凄いです」

　エリアスは感心したように目を輝かせて頷いている。素直すぎて、アランは心配になってきた。偏見かもしれないが、人間の王族なんて権力欲と愛憎にまみれたドロドロとした集団だと思っている。その中で、こんなに素直で純真なエリアスは生き残っていけるのか。

（いや、だから竜狩りに参加させられて、上官に遭難しかねない命令を出されたんだろうな）

　こっそりとため息をつき、アランはエリアスを介助して寝台へと促した。

「寝心地はあまりよくないだろうが、ここにはコレしかない。我慢してくれ」

「大丈夫です。ありがとう」

　ここに来てから、エリアスは何度もアランに礼を言っている。高貴な生まれなのにきちんと感謝の言葉を言えるのは、素晴らしいことだ。彼を育てたのは乳母か母親かわからないが、常識的な人物だったのだろう。

「アランはどこで寝るつもりですか？」

「俺は外で寝るから気にしなくていい」

「外？　野宿するのですか？」

「竜体で寝れば平気だ。もともと竜人族は竜体のまま山の洞穴で暮らしている。俺はまあ、いわゆる変わり者だから」

気にするな、と言い置いて、アランはランプをつけたまま外に出た。室内を真っ暗にしたらエリアスが不安だろうと配慮(はいりょ)してのことだ。買い置きの油が残り少ないが、また人間の街まで出向いて買えばいい。現金の蓄(たくわ)えならある。

アランは外に出て、月を見上げながら鼻歌まじりに服を脱ぎ、竜体に変化した。

竜狩りの部隊を偵察しに行っただけなのに、可愛い拾いものをしてしまった。ケガが治ったら部隊に返すつもりだが、代わり映(ば)えのしない毎日に大きな変化が起こり、なんだかウキウキしている。

「そうだ、明日になったら笛を聞かせてもらおう」

明日の楽しみを思いつき、アランは機嫌よく空に飛び立つ。エリアスのブーツを拾いに行くために。

◇

「笛を？」

「そう、笛を吹いてくれ」

竜人アランに助けてもらった翌朝、腫れていた左足首の痛みはずいぶんと引いていた。アランの薬草が効いたのか、もともとたいしたケガではなかったのかはわからない。けれどひとつしかない寝台で休ませてくれたのはありがたかった。さらにアランは、夜のうちにブーツを拾ってきてくれた。

　エリアスが感謝の言葉を述べ、なにかお礼ができればいいのだけど、と呟いたら、アランが笛を吹いてほしいと言い出したのだ。エリアスの笛の音が気に入ったらしい。

　アランは癖のある黒髪と黒い瞳の持ち主で、その肌は浅黒く、筋骨隆々とした逞しい体躯をしている。秘境の明け方は夏なのに寒いほどだったが、アランはシャツ一枚で平気な顔をしていた。竜人が丈夫なのは本当らしい。

「笛くらいなら、いくらでも吹けますけど」

　唯一の荷物である麻袋から横笛を取り出す。これだけは王都から持ってきたのだ。行軍中は吹くことができなかったけれど、夜中にこっそりと触れるだけで気持ちが慰められた。

「曲はなにがいいですか？」

「なんでも。俺は詳しくないから」

　じゃあ、と得意な小鳥の囀りに似せた曲を披露した。母親が気に入っている曲だ。

　丸太小屋の中に笛の音が響きはじめると、アランは壁にもたれて立ったまま、陶然と目を閉じた。とても気持ちよさそうに聞いてくれているから、エリアスは嬉しくなって何曲か続けて演奏した。

　聴いてくれる人がいると演奏のしがいがある。母親と侍従以外に聴いてもらうのは、じつははじめてだった。
昨夜、崖下で笛を吹いたのは、ここで自分の命が終わるのなら最期のときは大好きな笛に触れていたいと思ったからだ。音楽はいつもエリアスの心に寄り添ってくれる。父王に冷たい言葉しかもらえなかったときは慰めになり、上達しない剣の鍛練に嫌気がさしたときは明日への活力をもたらしてくれた。

まさかその笛の音を聞きつけて、竜が飛来するなんて想像もしていなかった。

ちらりとアランを見る。エリアスが理想とするような、逞しい大人の男だ。

黒髪は無造作に伸ばされていて額や耳にかかり、後ろはあとすこしで結べそうに長いが、まったく不潔な感じはないし似合っている。伸びかけなのか長く伸ばす途中なのか、顔の髭も野性味があって悪くない。

兄のルーファスと同年代くらいに見えるが、エリアスの身近にいる大人の男たちとは、まったく雰囲気がちがっていた。ひとりで自由気ままに暮らしているらしいから、そのせいだろうか。アランの笑顔には屈託がなくて、話す言葉には裏表がなさそうだった。彼の前ならば、エリアスもなにかに耐えたり言葉を飲みこんだりしなくてもいいのかもしれないと思えてしまう。

「エリアスの笛は、とてもいい」

まっすぐな感想が、山ほどの美辞麗句よりも嬉しかった。

「俺はエリアスの笛がとても好きだ。あとで、また聴かせてくれ」

断る理由がない。むしろもっと聴いてほしいと、エリアスの方が思っている。

アランは、「ここには、こんなものしかないが」と言いつつ森で採ってきたという果実や、川魚の燻製をテーブルに並べてくれた。ひとつしかない椅子はさっきからエリアスが座っている。アランは太い木の幹を輪切りにしただけのものを運んできて、椅子代わりに座った。

「一国の王子に食べさせるにしては貧相なものだが」

「そんなことありません。ありがとう」

礼を言って果実を手にしたが、いつも切り分けられた状態で供されていたせいで、エリアスは食べ方がわからない。

「深窓の令嬢並みだな」

笑いながらナイフで適当に切ってくれ、「こうして齧り付け」とやって見せてくれた。行儀が悪い食べ方だが、エリアスはアランのように食べてみた。

「なんですかこれ、すごく美味しい」

木で熟した採りたての果実は濃厚な味がして瑞々しくて、びっくりするほど美味い。見た目はエリアスにも馴染みがある果実なのに、味がぜんぜんちがう。

「いつも食べているものとおなじ種類だとは思えません……」

「果実の産地が王都から遠いんだろう。城に届くまで日数がかかるから、熟さないうちに収穫される。だから味もよくない。これは樹上で完熟したものだから美味いんだ」

たぶんそうした事情は、市井に暮らす者にとっては、知っていて当然のことなのだろう。エリアスは無知な自分を恥じたが、アランはそれについてはなにも言わず、川魚の燻製も食べやすいようにほぐしてくれた。魚も美味しかった。

お腹が膨れたあとは、アランが「昼間のうちに水浴びをしないか？」と提案してきたので、「したいです」と即答した。城では毎晩、湯浴みをしていた。竜狩りのために王都を発ってからは、当然のごとくそんな特別扱いは許されず、水を張った大型の桶に座り、体を拭くていどだった。

アランの後について丸太小屋を出る。小屋は小高い丘にあった。池も川も見えるところにはない。耳を澄ましてみても水の音は聞こえなかった。

「どこで水浴びをするのですか？」

「あっちに泉がある。そこまで飛んでいく」

アランが「あっち」と指さした方角は、エリアスの目にはただの森にしか見えない。

「飛んでいくのですね……」

「怖いか？」

「大丈夫だと思います」

エリアスは虚勢ではなく、確信をこめて頷いた。昨夜、生まれてはじめて空を飛んだ。鋭い爪がついた竜の前足は恐ろしかったが、アランが力の加減をしてくれたことはわかったので、握りつぶされるかもしれないという恐怖はなかった。夜空を飛ぶ感覚も、ちょっと怖かったけれど楽しかった。景色がよく見える昼間に飛ぶと、またちがった楽しさがありそうだ。

小屋の前でアランが服を脱ぐ。いまから竜体になるためだろう。竜人族は人前で裸になるという行為にたいして躊躇い(ためらい)を感じないようだ。エリアスも侍従に着替えや入浴の世話をしてもらう生活を送っているため、裸を見られることには慣れている。しかし、他人の裸を見ることにはまったく慣れていなかった。

無駄な肉が一切ない男性美の見本のような裸体を目の当たり(まのあたり)にして、エリアスは失礼だと思いつつもじっと見つめてしまった。昨夜も月光に照らされた全裸のアランを見ている。威厳(いげん)のある大きな竜の姿にも圧倒されたが、裸体のアランにも神々(こうごう)しさを感じた。

(カッコいい……)

心の中だけでエリアスは呟き、胸をドキドキさせた。だが芸術鑑賞していられる時間は少ない。アランはすぐに竜体に変化してしまった。漆黒の鱗に覆われた大きな竜が現れて、黒い瞳でエリアスを見下ろしてくる。恐ろしさは感じなかった。艶々と黒光りする鱗はまるで鏡のように光り輝いて美しいし、まなざしは人間のときとおなじ優しさに満ちている。

左足に体重をかけないように歩き、近づいた。アランが前足でエリアスの腹部をきゅっと摑む。大丈夫か？とでも言いたげな目でエリアスの顔を覗きこんできた。

「大丈夫です」

頷くと、アランは翼を広げて羽ばたいた。ふわりと竜の巨体が宙に浮く。あっという間に丸太小屋がはるか眼下に遠ざかった。アランは風を切って空を飛ぶ。見渡す限り、緑の森が広がっていた。険しい山は当然のこと、谷もあるのが上空からだとよくわかる。大量の水が滝から落ちているのも見た。

「すごい……」

夜にはただの黒い塊（かたまり）にしか見えなかった森。なぜ秘境と呼ばれるようになったのか、理由がよくわかる。とうてい人馬が攻略できる場所とは思えなかった。もっと奥に竜人族の村があるとしたら、竜のように空でも飛ばない限り、絶対にたどり着けない。

父王の「竜を手に入れたい」という願望は、おそらく叶（かな）うときはこないだろう。竜がみずから人間の住む場所まで出てこなければ無理だ。竜人族は秘境に守られている。

アランがゆっくりと高度を下げはじめたので、エリアスは視線を下に転じた。

「あ、泉」

木々の合間にちいさな泉が見えた。そのほとりにアランはふわりと着地し、エリアスを離す。岩に囲まれた泉から、ふわふわと湯気が立ち上っていた。

「あれ？　もしかして、温泉ですか？」

「そうだ、気持ちいいぞ」

人間の姿にするっと変化していたアランが、エリアスの横をさっさと通り抜け、泉にどぼんと入った。どうやら深いらしい。アランは器用に立ち泳ぎしながら振り向く。

「熱くも冷たくもない。今日はちょうどいいくらいだ。温度は日によってすこし変わる」

「そう……」

「エリアスもおいで」

じつは泳げない。泳ぐ練習をしたこともない。足がつかないなら怖いと正直に告白するのははばかられた。わざわざここまで連れてきてくれたアランに申し訳ないと思ってしまう。

浅いところはないかと目で探し、足場になりそうな岩があるのを見つけた。服を脱いで、左足首の布と薬草を外し、そっと岩に足を降ろす。

「あっ」

予想以上に岩がぬるついていて、足が滑った。とぷんと頭まで泉の中に沈んでしまう。慌ててもがいたエリアスを、背後からアランが捕まえてくれた。腰に腕を回してがっちりと抱えこんでくれ、エリアスが足場にしようとした岩に腰掛ける。そのままアランの膝に座る体勢になってしまった。

「大丈夫か？　水を飲んでいないか？」

「……だ、大丈夫……です」

「岩が滑りやすくなっていると注意するのを忘れていた」

びしょ濡れの顔を手で拭くことも思いつかないくらい、エリアスは呆然と硬直していた。

アランの膝に乗っている。裸で、裸のアランとくっついている——。

こんなこと、あっていいのか。あり得ない。尻の下に逞しい太腿があって、腹には逞しい腕が巻きついている。カーッと全身が熱くなってきて、エリアスは羞恥のあまり震えた。

「どうした？　寒いか？」

「い、いえ、そんなことは……」

やっと水温について考えることができ、なるほどちょうどいい、と思う。そのくらい、いまのエリアスにとって泉の温度など問題ではなかった。

「俺にはちょうどいいくらいだが、エリアスには温すぎたか？　もっとくっつけ」

ぐいっと引き寄せられ、アランの胸にエリアスの背中が重なった。鼓動が響くほどの密着度にますます頭に血が上り、エリアスは逆上せそうになってくる。

「もう、もうじゅうぶんなので、出たいです……」

「そうか？」

アランがエリアスを抱きかかえたまま体を起こし、ひょいと泉の外に出してくれた。よろよろと乾いた岩の上によじ登り、足を投げ出して座る。気持ちよさそうに泉の中を泳ぐアランを眺めた。長い手足が自在に水をかく様が、優雅な舞いにも見えるから不思議だ。

しだいに落ち着いてきて、エリアスは寝そべった。天を仰げば眩しい太陽がある。濡れた体に梢を揺らす微風が当たり、心地よかった。真昼の太陽の下、全裸で体を伸ばしたことなどない。はじめて経験する開放感に、心から浸った。いまだけは、さまざまな柵みを忘れていたい。

ふと泉に視線を戻す。アランの姿がなかった。ギョッとして泉の中を覗きこむと、深い底の方に人影がゆらゆらしている。

「アラン！」

溺れて沈んだのかと戦慄したが、アランはゆっくりと浮上してきて水面に顔を出した。片手で顔を一撫でし、もう片方の手を「ほら」と上げる。水晶のような透明感のある石が握られていた。

「きれいな石を見つけた。おまえにやる」

ニッと笑ったアランからは、好意しか感じられない。エリアスを驚かそうと潜ったのではなく、石を拾いに行っただけなのだろう。エリアスはホッと胸を撫で下ろし、手を伸ばして石を受け取った。たしかにきれいだ。不純物が入って透明度はいまいちだが、磨けばもっと輝くかもしれない。けれどこの石はこのままが一番きれいだと思う。

「ありがとう」

本物の宝石を持っているエリアスだが、いままで見たどの石よりも美しいと、ぎゅっと握りこんだ。

◇

五日ほど丸太小屋で安静にしていたら――日に一度は水浴びに出かけていたが――エリアスの左足は治ってきた。腫れが引き、きちんとブーツが履けるようになると、「そろそろ部隊に戻ります」と言い出した。

いつ言い出すかと気が気ではなかったアランは、「やっぱり」とがっかりした。エリアスとの暮らしが楽しかったので、このままここにいたいと言ってくれないか、心の中で願っていたのだ。

エリアスのために美味しそうな果実を探してきたり、川魚や兎などの小動物を捕まえて調理したりするのは、アランにいままでにない充実感を与えてくれた。痛めた足を休ませるという大義名分があるので好きなだけ抱っこできたし、望めばいつでも笛を吹いてくれた。

夜になると竜体になり外で眠るアランのところへ、エリアスが忍んでくることもあった。尻尾を体に巻くようにして蹲っているアランに凭れ、きらめく無数の星を黙って眺めているエリアスの横顔を長いこと盗み見した。

たぶんアランが寝ていないことに、エリアスは気づいていた。言葉はいらない。触れているところから、穏やかであたたかななにかが流れこんできたり、流れ出したりしているように感じた。ずっと一人で暮らしてきて、寂しいと思ったことはなかったのに、いまアランは本気でエリアスを帰したくないと思っている。

「本当に帰るのか」

アランの問いかけに、エリアスは唇をきゅっと噛んで頷く。彼もまた、ここでの生活を楽しんでいたと思う。城に戻れば食料は豊富で身の回りの世話をしてくれる侍従は何人もいて不自由はないだろうが、それだけだ。ぽつぽつと話してくれる城での生活はとても窮屈で、幸せを感じられるときは少なそうだった。

けれどエリアスは、城で待つ母親のことを、とても気にかけていた。帰らなければいけないと悲痛な表情で語るエリアスに、アランはなにも言えなくなる。

親が大切なのは当然だ。アランの親はずいぶん前に亡くなっている。

父は一族の王だったので、個人としてアランに接する機会は少なかった。特に思い出と呼べるような記憶もない。しかし母親は、昔から自由人を気取っていたアランを常に気にかけてくれていた。もしまだ生きていたとしたら、こんなところに小屋を建てて住んでいることになんと言っただろう。

戻るという発言を撤回しそうにないエリアスの頑なな横顔に、アランはため息をつく。

「そうか、わかった。じゃあ、夜になったら野営地の近くまで送っていこう」

「ありがとう」

エリアスの微笑みが切なくて、アランは苦笑いしか返せない。

「竜人族の俺に会ったことは、どう報告するんだ？」

「なにも」

もう心に決めていたらしく、躊躇うことなく首を横に振る。

「なにも言うつもりはありません。『私は秘境の中でケガをして、果実でなんとか命を長らえ、部隊に戻ることができました』——それだけです」

「上官はそれを信じるか？」

「信じるしかないでしょう。正直に、ケガをして動けなくなっていたところを狩られる側の竜が助けてくれたと言っても、きっと妄想だと一蹴されます」

「まあ、そうか」

竜に縁がなく、まったく実態を知らない者からしたら、おとぎ話のようにしか聞こえないだろう。それよりも——と、アランはひとつひっかかることがあった。

「エリアスの上官は、無謀にも夜の森に一人で行けと命令したわけだろう。おまえが生きて戻ったら、その上官にとって都合が悪いんじゃないか？」

「それは……」

どうやら図星のようで、エリアスは言葉に詰まる。なにか対策を講じておかないと、エリアスの立場がますます悪くなってしまう。

「でも戻らなければなりません。きっと仲間が心配しています」

「じゃあ、手ぶらで帰るよりも、なにか手柄……まではいかないが、土産になるようなものがあった方が、いいよな？」

「土産？」

「エリアスは竜狩りに来たわけだから、竜のなにかを持って帰れば、竜そのものが手に入らなかったとしても手柄にはなるだろう？」

「なにかって、なに？」

「竜の鱗なんて、どうだ」

我ながらいい案だと思う。竜狩りに失敗したとしても鱗が手に入れば、竜の近くまで迫ることができたという証になる。

「とてもありがたい提案ですが、鱗なんて、どこに？」

「そんなの、俺から取ればいい」

「えっ……」

エリアスが悲痛な表情になったので、アランは慌てて「一枚か二枚くらいなら大丈夫だから」と宥めた。

「アランの体から鱗を剥がすのですか？　絶対に痛いでしょう？」

「んー、まあ、ぜんぜん痛くないと言ったら嘘になるな。でもたいしたことじゃない。大丈夫。俺たちは再生力が強いから、ちょっとした傷はすぐに治る。鱗は何日かで元通りになるし」

「本当に？」

「本当に」

実は鱗を剥がす行為はかなりの痛みが伴う。竜の体が頑丈なのは、固い鱗に覆われているからだ。鱗の根元は肉体にがっちりと埋まっていて、ちょっとやそっとじゃ剝がれないようにできていた。けれどエリアスのためなら、アランはそのくらいの痛みは平気だ。

「最後にもう一度、笛を吹いてくれないか」

アランの頼みを聞き、エリアスは寂しそうな笑顔で頷く。二人きりの丸太小屋に、細く美しい旋律が静かに流れた。


太陽が完全に西の空に沈んでから、アランは小屋の外で竜体に変化した。麻袋に笛を入れたエリアスが歩み寄ってくる。その麻袋の中には、泉でアランが拾った石も入っているのを知っていた。一国の王子であるエリアスは、もっともっと美しい宝石を持っているだろうに、他愛もない石を大切にしてくれるつもりのようだ。

(この子は、本当に良い子だ……)

帰したくないという本音がまたこみ上げてきたが、竜体では言葉を発せられない。さっさと竜体になっておいてよかった。格好悪いところを見せなくてすむ。

アランの漆黒の体を見上げ、エリアスは尻尾や後ろ足のあたりをそっと撫でてきた。

「きれいです……」

アランもおのれの色を気に入っている。竜人族はみんな森に溶けこめるような深緑色や茶褐色、あるいは洞穴に姿を隠せるような濃紺色だったりするが、アランほどの漆黒は珍しい。まるで闇の塊のような黒は、アランの自慢でもあった。この色を、エリアスはことのほか好いてくれているようで、アランが竜体になるたびに陶然と見つめる。

「本当に、こんなにきれいな鱗をもらってもいいのですか？」

アランは長い首を曲げて、鋭い嘴で自分の背中近くの鱗を一枚くわえた。痛みを予想して身構えながら、ぐっと引き剝がす。ぶちっと音がして剝がれた。それをエリアスに差し出す。

「アラン、出血しています」

鱗を受け取りつつも、エリアスの視線はアランの体に注がれている。心配そうな顔に、大丈夫だからと頷いて、自分で舐めた。元々の治癒力の高さと唾液（だえき）の効果で、血はすぐに止まった。

エリアスは手のひらほどの大きさの鱗を、大切そうに麻袋にしまう。

「ありがとう」

見上げてくるエリアスの瞳がきらきらと輝いていた。泣いているのかと思ったので、もっと顔を寄せて確かめようとしたら、エリアスが両手を広げてアランの鼻先を抱きしめてきた。そしてそこにくちづけてくれる。

（おおっ）

柔らかな唇が触れたところが、ほんのりと熱くなったような気がした。

パッと離れたエリアスの頬が赤くなっている。日が暮れた中でも竜の目にはちゃんと見えていた。なぜ竜体のときにこんなことをするのか。人間の姿のときにしてくれたら、お返しができるのに。もっと他のことも――。

言いたいことがぶわっと胸の中で膨らんだが、エリアスが「さあ、お願いします」と言うものだから、仕方なく翼を広げた。

前足でエリアスを掴み、空に舞い上がる。水浴びに行く度(たび)にこうして運んでいたので、アランもエリアスも慣れたものだ。アランがもっと小型であれば背中に乗せた方が格好がつくのだが、竜人族の中でも大型な上にエリアスが小柄なので、馬に乗るときのように鞍(くら)をつけて綱(つな)で体を固定しなければ危険だろう。

夜の森の上をひとっ飛びして、アランは六日前に野営地があったあたりへ行った。

（ん？　なにもないぞ？）

篝火が見えない。火を焚くことなくどこかに潜んでいるのかと周辺を見渡したが、人気(ひとけ)は皆無だった。二百人あまりの部隊は、消えてしまった。

アランはとりあえず、川の畔に着地した。エリアスを離し、人間の姿になる。月が出ているのでエリアスにも周囲が少しは見えるはずだ。ぐるりと見回して、呆然としている。

アランはしばらく周囲の気配を探ったが、無数の足跡と天幕が張られた跡、篝火の燃えかすが残っているだけだ。日によって部隊の野営地を移す予定だったとしても、空から見た限りでは近くにいない。

エリアスを一人で夜の森に入るように命じた上官は、数日たって戻ってこなかったことから命を落としたと判断し、退却(たいきゃく)してしまったのかもしれない。

「……どうやら置いていかれたみたいです……」

途方に暮れているエリアスを、どう慰めていいかわからなかった。

「これからどうする？」

「……王都コベットの城に帰ります」

アランとしては、ここで「もう帰りたくない」と言ってほしかったが、気を取り直したように顔を引き締めたエリアスに、そんなことは言えない。しかし、実際問題、エリアスは無一文だ。水も食料もなく、足となる馬もいない。王都まで徒歩で帰れるとは思えなかった。

「ちょっとここで待っていてくれるか」

「アラン？」

「ここから動くなよ」

素早く竜体に変化して、アランは飛び立った。一気に丸太小屋まで戻り、人間の姿になると戸棚の中から革袋を引っ張り出す。中で金貨と銀貨がじゃらりと音を立てた。街で日雇い労働をしたときの賃金だ。

アランはこう見えて賭け事はしないし娼妓を買うのもほんのたまにで、無駄遣いをしない性格だった。稼いだ金はランプ用の油や衣服、本を購入するときに使うくらいのため、すこしずつ貯まっていく。現金を貯えておく必要はないのに、これをどうすればいいのかと我ながら思っていた。いまこそ使うときだろう。

アランは革袋を持って外に出ると、すぐに竜体になった。前足で革袋をしっかりと握りしめ、急いでエリアスが待つ川岸へ向かった。

エリアスはアランの言いつけを守って、動かずにちゃんと待っていてくれた。戻ってきたアランを見て、エリアスがホッとした表情になったのを見逃さない。部隊に置いていかれた事実を知ったばかりで、さらにアランまでもが戻ってきてくれなかったら——と不安になっていたのかもしれない。

アランは人間の姿になり、革袋をエリアスに差し出した。

「なんですか?」

「いいから、手を出せ」

受け取った革袋の重みと感触に、エリアスがハッと顔を上げる。

「これ、アランのものでしょう? ダメです。もらえません」

「一番近い村まで連れて行ってやる。そこで馬を買うんだ。水と食料も分けてもらえ。礼をはずめば、そんなに裕福ではない家でも喜んで分けてくれるだろう」

「アラン……」

「城に帰ると決めたのなら、この金を受け取れ。無一文では帰れないぞ。なに、これくらいの金なら、すぐに稼げるから気にしなくていい。そもそも俺は金がなくても、森の恵みだけで暮らしていける竜人族だからな。人間の街まで行って働いたのは、ただの暇つぶしだ」

エリアスは両手で革袋をぎゅっと握りしめ、鳶色の瞳を潤ませる。アランは焦った。泣かせるつもりはなかった。よかれと思って金を渡したが、エリアスのプライドを傷つけてしまっただろうか。

たとえそうでも、エリアスが城にたどり着くためには金が必要だ。アランは突き返される前にとっととエリアスを近隣の村まで運ぼうと、竜体に変化した。バサリと翼を動かすと、河原の砂が舞い上がる。エリアスがまだ革袋を握ったままなので、嘴でちょいと突いた。そして肩から掛けている麻袋の中にしまうよう、そっちも突く。

「アラン、ありがとう」

嘴を鷲掴みにされて驚いている隙に、エリアスがくちづけてきた。嘴に頬ずりまでされて、アランは狼狽えた。人間の姿だったら柄にもなく顔が真っ赤になっていたかもしれない。竜体になっておいてよかった。

ぐすんと洟を啜りながら、エリアスが革袋を大切そうに麻袋にしまった。どうやらプライドを傷つけたわけではなかったようだ。よかった。

アランはあらためてエリアスの腹を前足で掴み、羽ばたいた。月が輝く夜空を、漆黒の竜が飛ぶ。上空から民家の明かりを探し、ちいさな集落を見つけた。まだ日が落ちてから間もないので、住人たちは眠りについてはいないようだ。

あまり近づくと家畜がアランの気配を察知して騒ぐ可能性があるので、かなり離れた場所に舞い降りた。そっとエリアスを離す。アランを振り仰(あお)ぎ、名残惜(なごりお)しげに腹を撫でてくれたりするものだから、このまま丸太小屋まで攫(さら)っていきたくなってしまう。

エリアスが望まないことはしたくないのに。

もう行け、と嘴で民家を指す。エリアスはもう一度、「ありがとう」と言い、背中を向けた。ゆっくりと歩き去っていくエリアスの後ろ姿をしばらく見送ったアランだが、いつまでも地上に降りていてはだれかに見つかるかもしれない。

翼を広げると静かに上昇していき、思い切って方向転換する。自分の家へと。

(こういう感じを、後ろ髪を引かれるというのかな)

嘴からはため息しか出なかった。

◇

エリアスはなんとか王都コベットに帰還(きかん)することができた。

城に着いたとき、アランからもらった路銀はきれいになくなっていた。街道沿いの宿に泊まり、馬の世話を頼んだり、食事をしたりしたからだ。野営用の天幕もないし、馬の飼い葉もない。無駄遣いかもしれない、申し訳ないと思いながらも使わせてもらった。

いつかアランに会う機会があったら、金は返す。肌身離さず持っている麻袋の中から、時折、漆黒の鱗を取りだしては、エリアスは竜人族の優しい男を思った。

通り過ぎる街でパークス大尉の部隊が通ったか聞くと、何日も前に王都へ向かったと教えてくれる。イーリィ川畔の野営地を発ったのは、一日か二日遅れでしかなかったはず。エリアスの進みが遅くて、差はどんどん開いていた。

あまり帰りが遅くなると、そのぶん母を悲しませる時間が長くなってしまう。パークスはおそらく、エリアスは秘境で行方不明になったと報告するだろう。自分なりに頑張ったが、アランの金で贖った馬は農耕馬で、軍事用に訓練されているわけではない。エリアスとの信頼関係も構築できていなかった。歩みはのろい。

それでもなんとか街道を進み、部隊より十日も遅れて王都に着いた。

城の門番は、エリアスを見て驚愕した。慌てて伝令が走る。エリアスは疲れていたし、全身が砂埃で汚れていたので、まず自分の居室へ向かった。

「エリアス様！」

「ご無事でしたか！」

部屋付きの侍従たちは主の帰還にまず驚き、すぐに泣いて喜んでくれ、手早く湯浴みの用意をしてくれた。体と髪を洗い、旅の汚れを落としてさっぱりした体に、父王に会うためのかしこまった服を着る。てっきり秘境で死んだと思われていた第九王子が戻ってきたのだ。門番から伝え聞いた父王はエリアスを呼ぶだろう。

身支度が整った頃に、案の定、父王の侍従が呼びに来た。エリアスは麻袋からアランの鱗を取りだし、侍従に絹布を用意してもらい、それに包んだ。

「それは、なんですか？　どちらかで拾われた石ですか」

侍従が不思議そうに漆黒の鱗を覗き見る。

「竜の鱗だ」

「えっ、竜の？　エリアス様、竜を見つけたのですか」

「……捕まえようとしたが、一人では無理だった」

アランの鱗を上着の隠しに入れ、父王グラディスに会うために王の間に向かった。

王の間へ通じる回廊の途中に、パークスがいた。珍しく不機嫌そうな感情を露わにした目で睨みつけてくる。

「よく生きて帰ってきたものですね。ろくな装備も食料もなく、あの秘境の中でどうやって何日も生き長らえたのですか」

「……運良く、湧き水を見つけ、果実を食べたり魚を捕ったりして食料にしました」

「城から出たことがない殿下が、そんなに生命力溢れた方だとは思ってもいませんでしたよ……。てっきりもう命を落としたかと思い、その旨を陛下に報告するために引き上げたのです」

「わかっています」

前を通り過ぎようとしたエリアスの腕を、パークスが摑んできた。

「母親を大切に思うなら、陛下にも、だれにも、余計なことは一切言わない方がいい。殿下は濃霧の中で部隊とはぐれたのです。いいですね？」

これを言いたいがために、彼はここで待っていたのだろう。エリアスはパークスの腕を振り払い、睨み上げた。もとよりだれにも言うつもりはなかった。パークスが母を盾にすることくらい容易に想像できたからだ。

エリアスは唇を嚙んでパークスに背中を向け、王の間に急いだ。パークスも上司として呼ばれているのか、後ろをついてくる。

「まさか亡霊ではないだろうな」

玉座の前に膝をついたエリアスへの父王の第一声が、それだった。

「遅くなりまして、申し訳ありません。秘境で迷っているうちに日がたち、帰還が今日になってしまいました」

「今回の竜狩りも成果がなかったことは聞いている。大口を叩いておきながら情けない。一人だけ部隊とはぐれたあげく、のこのこと農耕馬で戻ってきたというではないか」

労いの言葉を期待したわけではないが、ここまでなんとか生きて戻ってきたことを父親として少しでも喜んでほしかった。疲労感がどっと重くのし掛かってくる。

それでもアランの思いやりを忘れてはいけない。エリアスは上着の隠しから絹布に包んだ鱗を出した。侍従長の手から、グラディスに渡される。絹布の中身を見て、「これは、なんだ？」と父王は眉間に皺を寄せた。

「竜の鱗です」

王の間がザワついた。パークスが目を剝いているのが視界の隅にうつった。

「秘境で迷っているあいだに竜に出会いました。捕獲しようと努力したのですが叶わず、この鱗を一枚だけ持ち帰ることができました。漆黒の巨大な竜でした」

「やはりあの地に竜はいるのだな」

父王の目がギラギラと光り出す。黒い鱗を醜い笑みを浮かべながらじっと見つめた。

「鱗を持って帰ってきたのは、そなたがはじめてだ。いったいどうやって取ったのだ。剣の腕はたいしたことがないと聞いていたが」

「笛を吹いて油断させました」

「それは面白い。なんの役にも立たないと思っていた笛の腕が、まさか竜狩りに有効だったとはな」

一転して機嫌がよくなったグラディスに、エリアスは内心でホッとした。一人だけはぐれたことを咎められるだけでなく、なんらかの懲罰を受けることになるかもしれないと覚悟していたのだ。どうやら、それは免れそうだ。しかし、父王の次の一言に瞠目した。

「よし、エリアス。ただちに秘境へとって返すのだ。こんどは部隊とはぐれることなく、竜狩りに挑め。もう一度、笛で竜を油断させ、狩りを成功させろ。そして血の絆を結び、使役するのだ。巨大な漆黒の竜を、私は早く見たい。パークス、頼むぞ」

まさかの展開に、エリアスは返事ができない。するとパークスが「王命とあらば、いつでも竜狩りに挑む心づもりであります」と答えてしまった。この場はそうでも答えなければ父王の不興を買うのは確実だが、本当にまた行くのか――？

行けばアランにまた会える。しかし、今度こそ手ぶらで戻ったら激しい叱責と罵倒が浴びせられ、なんらかの懲罰が与えられるにちがいない。かといって、我が身かわいさに、彼の体に傷をつける真似は、二度としたくなかった。

「準備ができ次第、出立せよ。いいな」

王の間から父王が去って行くと、パークスがエリアスの前に立った。

「なんですかアレは。竜の鱗？　余計なことを」

吐き捨てるように言われた。

「あんなものを持って帰ってきたことを、どうしてさっき私に言わなかったのですか？」

「……申し訳ありません……」

パークスを信頼していなかったから報告しなかったのだが、そんなことは言わなくともわかっただろう。パークスはチッと舌打ちした。

「言っておきますが、私はもう行きたくありません。鱗一枚があれほど大きな生き物など、どう攻略すればいいのか。どうせ竜など捕まえることはできないですよ。いままでだれもできなかったんですからね。私は現役中に、一度は竜狩りに出かけたという実績がほしかっただけですから」

正面から堂々とそんなことを暴露されて、エリアスは唖然とした。

「殿下は『一人で行きたい』と申し出てください。むしろ部隊は邪魔だからと」

「……父上がそんな無謀なことをお許しにはならないと思いますが」

「ああ、そうだ、良い案を思いつきました。薬寺院に頼みこんで、竜にも効きそうな強力な眠り薬でも譲ってもらったらどうですか。笛で油断させたあとに薬を盛り、捕まえる。動けない状態にして血の絆を結ぶ、という策です。何百という部隊を引き連れていくと竜が警戒するので一人で行きたい、と陛下に訴えるのです。殿下がご自分で蒔いた種ですからね。鱗など持ち帰って陛下を無駄に期待させた。ご自分で責任を取ってください。私は関係ない。いいですね」

それだけ一方的にまくしたてるとエリアスに反論する暇を与えず、パークスは逃げるように去って行った。そもそもエリアスを見捨てて帰還したパークスの方にこそ罪があるというのに、この責任転嫁。はじめからパークスと協力体制を取ることなど期待していなかったが、上官としての意識は皆無らしい。

　腹立たしさを諦めのため息で散らし、エリアスも王の間を出た。完全に手を引いたパークスに構っている暇はない。これからのことを考えなければ。

　王の間を出たあと、エリアスは後宮まで母に会いに行った。エリアス付きの侍従から報告を受けていたサリーは、一人息子の無事を喜んでくれた。

「よくぞ無事に帰ってきてくれたわね」

「母上……」

　エリアスを抱きしめ、なかなか離さない。侍女の話では、エリアスが秘境で行方不明になったという知らせを受けたときに倒れたらしい。それから今日まで、臥せっていたという。

「母上、ご心配をおかけして、申し訳ありませんでした」

「いいのよ。こうして帰ってきてくれたのだから」

　すっかり窶れてしまった母に、また竜狩りを命じられたと言い出せない。顔を見ているのが辛くなり、ルーファスにも挨拶に行かなければならないから、と後宮を辞した。

「お帰り。無事でよかった」

　ルーファスもエリアスの帰還を喜んでくれた。父王とパークスに心ない言葉を投げつけられて荒んでいた精神が、やっと緩みはじめる。

「さあ、なにがあったのか聞かせてくれ。パークス大尉の報告では、エリアスは秘境に入ったまま何日も戻らなかったそうじゃないか。見たところ、君はそれほど様変わりしていない。ろくな装備も持たずに秘境の中で逞しく生き延びたのなら、野人のように人相が変わっていてもおかしくないのに。不思議だ」

「……それは――」

「なにがあったんだい？」

「最初から話します」

エリアスは信頼できる兄に、一連の出来事を語った。ルーファスにだけはすべてを包み隠さず報告するつもりだった。

パークスに命じられて夜の秘境に一人で入らされたこと、アランという竜人族と出会ったこと。彼はケガの手当てをしてくれて、とても優しかったこと。そして部隊に合流しようとしたらパークスに置いていかれていて、アランが路銀を貸してくれたこと。

「竜人族……。竜の姿にも、人間の姿にもなれる種族だろう？　本当に存在していたのか？」

「そうです。アランは漆黒の鱗を持った大きな竜で、私をこんなふうに前足で摑んで空を飛び、運んでくれました」

「竜とともに空を飛ぶなんて、エリアスはなんと貴重な体験をしたんだ。素晴らしい」

興奮したルーファスはもっと詳しい話を聞きたがったが、いまは時間が惜しい。

「アランがくれた鱗を見て、父上はたいそう興奮されました。それで大変なことになってしまい――」

「もしかして、また竜狩りを命じられたのか？」

「よくわかりましたね」

びっくりして顔を上げたエリアスに、ルーファスが苦笑いする。

「父上の考えそうなことだ。鱗一枚で満足するほど、あの方の欲望は小さくない」

「パークス大尉に、一人で行けと言われました」

「そうか……」

ルーファスは予想がついていたのか、特に驚きを表さなかった。しばらく考えこみ、侍従が淹れてくれたお茶を飲む。

「そのアランという竜人族は、好ましい人物だったのか？」

「はい、とても。年の頃はおそらく兄上くらいで、人間の姿のときはとても逞しく、頑健そうで、竜のときは小山のように大きな体でした。私のために鱗を剝いでくれたときは、本当に胸が痛くて……申し訳なく思いました」

「さらに路銀まで渡してくれたわけか」

「おかげでコベットまで戻ってくることができました。命の恩人です」

あのアランを狩ることなどできるはずがない。竜人族のだれも狩りたいとは思わない。どうやったら父王の執着を断ち切ることができるのだろうか。

「エリアス、話しておきたいことがある」

茶器を置いて向き直ったルーファスは、いつになく真剣な目をしていた。自然とエリアスも居住まいを正す。

「なんでしょうか」

「ダニエルとコンラッドのことだ」

十五年前、秘境で行方不明になった異母兄たち。エリアスとは年が離れすぎていて交流はまったくなかった。だがルーファスにとっては、すぐ下の弟たちだ。わりと親しくしていたと聞いている。

「彼らは、腕の立つ騎士だった。二百五十人の中隊をそれぞれが率いて、五百人体制で竜狩りに挑めと王命が下された。彼らならばきっと竜を捕らえることができるだろうと、父上は大いに期待していた。しかし……本人たち、ダニエルとコンラッドは乗り気ではなかった。度重なる隣国との諍いで戦費がかさみ、国が疲弊しているいま、こんなことをしている場合ではないと、真剣に憂いていた。父上を改心させる方法はないか、私は相談を受けた」

当時のことを思い出しているらしく、ルーファスの視線が遠くなる。

「色々と考えたが、あの頑固な父上を改心させる方法などない。竜への異常な執着は、だれにも矯正できるものではない。私は、二人に究極の選択を提案した」

「究極？」

「実は、彼らはいまでも生きている」

「えっ？　どういうことですか？」

「秘境で行方不明になったというのは見せかけで、異国の地で静かに暮らしているのだ」

「そんな、まさか……」

「その、まさかだ」

もうずっと、エリアスは二人の王子は秘境で亡くなったと聞かされてきた。それが生きているなんて。にわかには信じられないが、ルーファスがこんなたちの悪い冗談を言うはずがないし、その目は真剣だった。

「つまり、二人の兄上たちは、脱走したわけですか」

「端的に言ってしまえば、そういうことだ。ダニエルとコンラッドは、仲が良くてね。二人とも剣技に優れた騎士だったが動物を愛する、心優しい男だった。私欲のために罪のない竜を狩ることに反対していたし、いたずらに軍を動かして国の予算を使うことにも否定的だった。それを父上は知っていたはずだ。けれど父上は彼らに竜狩りを命じた。もしかしたら多少の嫌がらせを含んでいたのかもしれない。自分の意のままにならない息子たちへの苛立ちがあったとしたら、私も責任を感じる」

ルーファスは右足の大腿あたりをそっと撫でた。彼もまた病気によって障害を負い、騎士になれなかった。父王を失望させたのはおなじだと言いたいのだろう。ルーファスのせいではないのに。

「私は二人に二つの選択肢を出した。ひとつは、命令に従って秘境に挑み、いたずらに兵士の命を無駄にして国庫に損害を与えるか、もうひとつは部隊長であるダニエルとコンラッドだけが犠牲になって、今回の竜狩りを終わらせるか」

まさに究極の選択だ。王命に背けば罪に問われる。たとえ王子であっても父王は容赦しないだろう。

「最後の最後まで二人は悩んでいた。騎士として王子として国に貢献したいという気持ちは変わらず胸に抱いていたから。けれど、だからこそ自分たちが犠牲になって、竜狩りがいかに危険か、無駄な遠征かを父上に思い知ってもらいたかったそうだ」

竜狩りの記録はコーツ王国史に記されている。二人の異母兄たちが帰還しなかったことは父王を激しく落胆させ、それから五年は竜狩りが行われなかった。しかし結局は、唯一竜を所持している隣国に戦争を仕掛けることになったのだ。

どこかの国でその知らせを耳にした異母兄たちの心境を思うと、胸が塞ぐ。

「異国の地とは、どこなのですか」

「それは私も知らない。王族の身分を捨て、最初の数年は辺境の街を転々としたらしい。遠い国に落ち着き、名前を変え、静かに平和に暮らしているようだ。二年に一度くらい手紙が届く。私はあえて住んでいる場所を聞いていない。なんらかの形でそれが父上に知られてはいけないからね」

本当は二人がどこでどう暮らしているか知りたいだろうに、ルーファスは理性的だ。知ることの危険性をきちんと理解している。思慮深いルーファスの行いに、エリアスは感心した。

ふと気がついた。いま、なぜルーファスはこの話をしたのか。

まさか、エリアスにもそうしろと暗に勧めているのだろうか。

「兄上……」

「そういう選択肢もある、という例を挙げただけだ。出立前にも言ったが、おまえが望むなら、出奔に手を貸すぞ」

ひっそりとルーファスは笑うが、その表情はやはり欠片も冗談はまじっていない。

「私だけでなく、そのアランという竜人族が協力してくれるなら、成功率は上がるな」

たしかに、アランが手助けをしてくれたら成功するだろう。しかしその場合、エリアスは二度とコーツ王国に戻っては来られない。エリアスにとって、この国を捨てることは別段難しい選択ではなかった。一番の問題は母だ。

「二人の兄たちは出奔したとき、独り身だったのですか」

「まだ独身だった。それも幸いした」

「母親たちはどうしたのですか?」

「ダニエルの母親はもう亡くなっていた。コンラッドの母親は存命だったが、親子関係は希薄だったと聞いている。つまり、二人ともこの国になにも未練がなかったということだ。君にはサリー殿がいるから、そう簡単には死を装えないだろうが――もし、国を捨てるという選択をするのなら、私が責任をもってサリー殿の身の振り方を考えよう」

ルーファスはできもしないことを安請け合いする人物ではない。そう言うからには本当に責任を持ってくれるだろう。しかし、だからといって数日中に母親と永遠の別れを決断するのは難しかった。

「どうするかは、エリアス次第だ」

「私は……母を捨てて自分だけ自由になる道は選べません」

「そうだろうね」

「けれど竜狩りもできません。アランの話だと、秘境にいる竜はすべて竜人族だそうです。人格を無視して狩ることなど人道に反しますし、そもそも私では捕らえることは不可能です」

「でも父上は聞き入れるような人ではない。どうする?」

「………」

エリアスは窓から空を見た。城に着いたのは昼頃だったが、いまはもう日が暮れかけている。

アランはどうしているだろう。この夕焼け空を飛んでいるかもしれないし、あの丸太小屋の前に佇(たたず)み、空を眺めているかもしれない。別れてから彼のことを思い出さない日はなかった。機会があれば、いつかまた会いに行って、路銀として借りた金を返したいと思っていた。まさかこんなに早く、またあそこまで行くことになろうとは。

　鱗を手土産にすれば今回の竜狩りの役目は果たせるものと、安易に考えたのがいけなかったのだろう。アランに提案されたとき、その気持ちがありがたくて、そして申し訳なくて、父王の反応まで深く考えていなかった。

「兄上、血の絆とは、どういうものなのですか？」

　パークスにも父王にも、竜を捕らえたら血の絆を結べと言われている。どうすれば結べるのか、結ぶとどうなるのか、教えてもらってはいない。

「それは私も知らない。サルゼード王国のオーウェル将軍は灰青色の竜と血の絆を結んでいると聞いたが、その内容については極秘扱いだ。書物に具体的な例が書き記されていればと、手当たり次第に読んでみてもどこにも記されていない。オーウェル将軍に直接話を聞くことができれば一番手っ取り早いのだけれど、我が国とサルゼード王国は国交が断絶されているし、私はこの足なので外遊したこともない」

　ルーファスは「そうだ」と顔を上げた。

「元外務大臣のラガルトに話を聞いてみてはどうだ。彼が大臣職に就いていたころ、まだサルゼート王国と細々と国交があり、決定的に断絶してはいなかった。一度か二度、オーウェル将軍とその竜に会ったことがあるはずだ」

「ラガルトはいまどこに？」

「王都内の自宅で隠居生活を送っている」

「連絡をとってみます」

　エリアスはルーファスに暇を告げてすぐに自室に戻り、自分の侍従に頼んでラガルトの自宅を調べてもらい、聞きたいことがあるので、できるだけすぐに会いたいとしたためた手紙を届けてもらった。その夜のうちに返事が届き、エリアスは翌日にはラガルトに会うことができた。

「ようこそいらっしゃいました、エリアス殿下」

　父王グラディスと同年であるラガルトは七十歳になる高齢だ。膝を悪くして歩行が困難なようで、家令に案内されて通された居間で座ったまま迎えてくれた。白髪は短く整えられており、皺深い顔には柔らかな笑みが浮かべられている。エリアスを侮るような空気は感じられなかった。十年も前に引退しているせいで、現在の城内の事情に明るくないのかと思ったが、そうではなかった。

「竜狩りから無事にお帰りになられて、ようございましたな。竜の鱗を持ち帰られたとか。私も見てみたかったです」

　つい昨日のことを、よく知っている。どうやら副大臣の職に就いている息子を通じて城内の事情に詳しいらしい。

「それで、殿下は私になにを聞きたいのですか？」

「ラガルト殿は、外務大臣だったころに、サルゼード王国のオーウェル将軍と竜のアゼルに会ったことがあると聞きました。血の絆とはいったいなんなのか、結ぶとどうなるのか、知りたいのです」

　ふむ、とラガルトは頷き、しばし黙りこんだ。

「殿下、いまサルゼード王国の竜の名をアゼルと言いましたが、どこでそれを知りました？」

　あっ、とエリアスは自分の口を手で覆った。気が急くあまり、うっかり口を滑らせてしまった。コーツ王国では、オーウェル将軍の竜の名を知るものはいない。アランが教えてくれたとラガルトに打ち明けることは躊躇われた。

　ラガルトがだれかに——国政に携わっている息子に話したら、父王に伝わってしまうかもしれない。そうしたら、エリアスが独自のルートから竜の情報を得ていると勘違いされてしまう可能性が高い。もっと面倒な事態に陥るのは避けたかった。

「殿下、竜の鱗は、本当はどうやって手に入れましたか」

　やんわりとした口調ながら、鋭い詰問になっていた。急に空気がぴんと張り詰める。

　エリアスは基本的に嘘をつくことが苦手だ。適当な言い逃れが思い浮かばず、視線を泳がせて無言になってしまう。

「笛の音で油断させたそうですね。なるほど、殿下の腕は確かだ。竜が気に入ったとしてもおかしくありません。もしかして、その竜は知性がかなり高く、鱗は友好的にもらい受けたのではありませんか？」

ふふふ、とラガルトはちいさく笑った。

「殿下が私から聞きたいのは、血の絆のことでしたね」

「……はい……」

ラガルトがあえて矛先を収めてくれたので、エリアスはそれに乗ずることにした。

「申し訳ありません。じつは、私も詳しいことは知らないのです」

「本当に知らないのですか?」

一縷の望みを捨てきれず、エリアスはしつこく「本当に?」と何度も聞いてしまった。

「本当に知りません。サルゼード王国でオーウェル将軍とその竜に会ったのは、もう二十五年も前です。伝説の竜が現れたと聞いて、近隣諸国は色めき立ちました。そしてなんとかして一目見ようと、サルゼード王国へ出向きました。当時の私は外務を担当していましたので、陛下の命を受け、国の代表として訪問し、会うことを許されました」

素晴らしい体験だった、とラガルトは述懐する。

「灰青色の鱗を持つ竜は、それはそれは神々しく、陽光を浴びて光り輝いていました。背中に人を乗せることができると聞いて最初は懐疑的だったのですが、一対の翼を広げると驚くほど大きくて、そのくらいはできると確信しました。オーウェル将軍はとても誇らしげでしたよ。彼の竜も――殿下がアゼルと読んだ竜ですが――おなじ想いでいることが伝わってきました」

ラガルトはアゼルの名前を知らなかった。しかも話を聞く限りでは、竜体でいるときしか会っていない。アゼルが竜人族であることも知らないのかもしれない。

サルゼード王国はアゼルに関しての情報を徹底して管理し、一切外に出さないように、いまだに規制している。アゼルを外交に利用する気がないのなら、当然の処置だ。

なぜアゼルを外に出さないのか。なぜ情報すら漏らさないように徹底しているのか。

いまのエリアスには理解できる。もし自分がサルゼード王国のヴィンス王の立場だったら、おなじようにしたと思う。アランを見世物のように扱うことなんかできない。

「血の絆というのは、きっとある種の契約のようなものでしょうな」

「契約、ですか」

「目に見えない魂の契約です。オーウェル将軍とその竜のあいだには、確固たる信頼関係がありました。私が思うに、血の絆とは、人間の思うがままに竜を使役するための特殊な術ではなく、魂を見えない鎖で繋げる、心と心の契約なのでしょう」

「心と心……」

「たとえ血の絆を結んでも、竜は命令に従うだけの木偶にはならない。私がサルゼード王国で見た竜は、生き生きとした瞳をして、ただひたすらにオーウェル将軍を見つめていた。心が通った表情をしていた。血の絆を結べば、竜を自由にできると思うのは大間違いです」

ラガルトが苦悩の表情を浮かべた。肘掛けに置かれた皺深い手がぐっと握りしめられ、血の気を失う。

「かつて人間が竜を使役していたというのも、おそらく信頼関係があってこそです。竜が好意から、人間の望みを聞いてくれていたのではないかと思っています。陛下は思い違いをなさっている。竜を欲しがる陛下のために、いままでどれだけの国民が犠牲になったか――」

「ラガルト殿……」

両手で顔を覆い、ラガルトが小刻みに震えはじめた。エリアスは席を立ち、興奮したラガルトを宥めようと背中を撫でる。

「……殿下、音楽を愛する心優しい殿下だと、伺っています。あなたならわかってくださると思い、話しています。竜は、人間の都合のいい道具にはなり得ません。そういう生き物ではないからです。大切な王子を何人も犠牲にしてまで狩るものではないのです。戦争してまで得るものではないのです。私はなんども陛下に苦言を呈しました。ですが聞き届けてはくださらなかった。あげくに十年前の戦争です。あのとき、最後まで平和裏に諍いを収めようとした私は、陛下の怒りを買い、解任されました。領土を失い、民を失い、こんな僻地に流れてきたというのに、陛下はまだ竜を諦められない」

ああ、とリガルトは天を仰ぐ。かつての臣下にこれほど嘆かれていることを、父王は知らないのだろうか。

「殿下、また秘境に出向くことになりそうだと聞きました。どうか、ご無事で。私はもうなんの力にもなれません。申し訳ない。本当に、申し訳ない」

「あなたのせいではありません。血の絆について話してくれてありがとうございます」

血の絆を結ぶ方法という、肝心なことはわからずじまいだが、得るものはあった。

『血の絆』は万能ではない、竜を自由自在に操る手段ではないということだ。

エリアスは城の自室に戻り、その日ゆっくりと考えた。

これから自分はどうすべきなのか。どうしたいのか。

結論は、そう簡単に出せはしなかった。ただ、どの方面から考えても、エリアス個人としての望みは、たったひとつの想いに帰結してしまう。

「もう一度アランに会いたい」

それだけだ。

翌日、父王の侍従が訪ねてきて、いつ出立する予定なのか伝えに来るようにという命令を置いていった。エリアスはすぐに父王に会いに行き、四日後に発つつもりであることと、パークス大尉の部隊は必要なく、一人で行くことを願い出た。

「一人で行くだと？　正気か？」

父王は不満そうな顔をしたが、竜を油断させたいからだとエリアスが訴えると、渋々ながらも了承してくれた。

そのあと、エリアスは母の元へ行った。ふたたび秘境へ赴かなければならないことは、人伝に聞いていた。窶れたまま回復していない様子のサリーに、エリアスは静かに語りかける。

「母上、私は四日後に王都を発ちます」

「……どうしてエリアスばかりが……」

「嘆かないでください」

椅子に座っている母の正面に膝をつき、エリアスはその白い手を取った。水仕事をしたことがない、きれいな手だ。生まれは平民でも、もう二十年も侍女に囲まれる生活をしている人だった。孤独は知っていても、生活の苦労を知らずに大人になった。いつまでも少女のような母を守っていくことが、エリアスはおのれに課された使命だと思ってきた。

いつか自分の家庭を持ったらそちらが一番になって、母は二番になるかもしれないと漠然と考えてはいたが、現実的ではなかった。母親以上に大切だと思える相手に出会っていなかったからだ。

いまエリアスの脳裏にはアランの笑顔がある。彼に対して抱いているこの気持ちがどんなものなのか、まだわからない。もう一度会うことができたならわかるかもしれない、という予感があった。

「母上、私にもしものことがあった場合は、ルーファス兄上を頼ってください」

「そんな話は聞きたくありません」

怒った顔で立ち上がろうとした母の手をぐっと握りしめ、引き留める。そしてエリアスは人払いを命じた。部屋の隅に控えていた侍女たちを全員、外に出す。

アランのことを打ち明けるつもりだった。どれだけ人を遠ざけても後宮の中である以上、完全に耳目を遮断することは難しい。サリーの侍女たちはみんな古株で信頼がおける者たちばかりだが、侍従長に管理監督されている。しかし人払いしないよりはマシだった。

「聞いてください、母上。私は帰ってきてからの話をしています」

エリアスは母の肩を抱き寄せ、片手で背中を撫でながら耳元で囁いた。

「帰ってきてから……？」

「私は必ず帰ってきます。ですが、竜狩りには失敗するでしょう。父上は二度目の失敗を許してはくださらないかもしれない。その場合、なんらかの処罰を受ける可能性があります。母上は気を確かに持って、局面を乗り越えてください。いいですね？」

「エリアス……処罰なんて、そんな……陛下がそんなことをなさるはずがありません」

国王グラディスの寵愛を失った自覚はある母だが、父王に無慈悲な部分があることは認められないのか、懸命に首を横に振っている。

「もしもの話です。もしそうなった場合、ルーファス兄上のところへ身を寄せてください。私はその覚悟をもって竜狩りに出かけます。竜は気高い生き物です。そう容易く思い通りにはできません。竜狩りなどという無駄なことは、もう止めてもらいたい。戻ってきたら進言するつもりですが、おそらく父上は聞き入れてはくださらないでしょう」

「陛下に意見するつもりなの」

「竜に関してだけは、譲れないところがあるのです」

「エリアス……」

「母上、私は秘境で竜に会いました。気高く、美しく、雄々しい、黒い竜です。人間の姿にもなれる竜人族でした」

「ええっ？」

サリーが大きな声を出してしまったので、慌ててエリアスは「しっ」と制した。

「母上、私が出会ったのが竜人族だったことは秘密です。父上には竜と遭遇したとしか報告していません」

「わ、わかったわ。秘密なのね」

サリーはごくりと生唾を飲みこみ、深呼吸を繰り返したあとに「それで？」と先を促してきた。もう嘆き悲しむだけの表情ではない。

「私は秘境で彷徨っていたわけではなく、彼に出会って何日かともに過ごしていたのです。彼は私に優しくしてくれました」

「彼と言うからには、男性なのね。その方に、名前はあるの？」

「アランといいます」

「アラン……」

「私に彼を狩る能力があったとしても、捕らえるつもりはありません。私は彼と心を通わせたい。むしろ私の方が、彼に尽くしたいくらいなのです」

「まあ……」

母親の目が驚きに見開かれた。

「彼との出会いが、あなたを変えたの？」

「そうです」

具体的になにが変わったとは言えないが、たしかに大きな心境の変化はあった。

「父上に命じられてふたたび秘境へ行くことになりましたが、私は彼に会いに行くつもりで出かけます。お礼もしたいですし」

サリーはもう一度、「まあ」と驚愕の声を上げた。

「そんなこともあるのね……。陛下があなたに竜狩りを命じた一月前には、思いもしなかったことだわ。私は一人息子のあなたが死地に向かわなければならなくなった現実に打ちのめされて、愚かにもただ嘆くばかりでした。けれどあなたは、そこで新たな出会いをして、すこし大人の顔つきになって帰ってきた……」

サリーの手がエリアスの頬をそっと撫でた。

「アランに感謝しなければならないわね」

「母上……」

瞳にうっすらと涙を浮かべ、サリーが晴れやかに微笑んだ。

その表情を目にして、エリアスは「母上は大丈夫だ」と思うことができた。たとえ離ればなれになることがあっても、母は自分の足でしっかりと立てるだろう。

「母上、出立前の挨拶には来られないと思います」

「わかりました」

「行ってきます」

そっと手を離すと、一瞬だけ母親は顔を歪めたが、すぐに微笑を浮かべてくれた。

そのあと、ルーファスのところにも行った。どうすればいいかという結論は出ていないことをまず告げ、なにかあったときは母を保護してほしいと頼んだ。

「なにかとは、なんだ?」

「わかりません」

わからないが、アランとまた会うことができたら、わかることがある。もう、竜狩りに出かける前の自分には戻れないだろう。エリアスは王都の外の世界を知ってしまった。

「サリー殿を保護するのは構わないが、具体的にどんなときにどこまで?」

「私のせいで母の身に危険が迫ったときは助けてください。いわれのない中傷を受けたときは味方をしてください。それだけでいいです」

過剰に関わると、こんどはルーファスの立場が危うくなってしまう可能性がある。そこまでは望んでいなかった。

「わかった。サリー殿は私に任せなさい。エリアスは自分が信じる道を選択して、後悔のないようにしなさい」

「ありがとうございます」

エリアスは自室に帰り、侍従に事情を話して荷造りをはじめた。

「また竜狩りですか？」

「せっかくご無事でお帰りになられたのに……」

侍従たちは口々に不満を呟きながらも、手を動かしてくれた。一度はエリアスが死んだと聞かされていた彼らだ。だれが聞いているかわからないのに、いままでの不満が募っているのか、多少の愚痴くらい平気で口にするようになっている。主であるエリアスのために憤慨してくれていることを嬉しく思いつつ、彼らを宥めた。

こんどは一人旅だ。パークスに置いていかれて一人で帰路についたときのように街道沿いの宿に泊まることにし、野宿は避ける。宿代等の費用はかかるが、その分の荷物が減る。馬に積むのは着替えと非常食くらいで済み、身軽になれた。荷物の底には、路銀とは別にアランに返さなければならない金をこっそりいれた。

父王に出発すると約束した日の早朝、エリアスは自分の侍従たちだけに見送られて、城を出た。約一月前、はじめて王都の外に出て秘境に向かったときとはまったくちがう心境だ。

未知の旅と重い任務への緊張感は少ない。竜をめぐって父王と対峙する日が来るかもしれないと予想はついていたけれど、秘境までの道のりを馬で移動することに体が慣れたし、なによりもアランにまた会えることを考えると胸が躍った。できるならば一刻も早く行きたいので馬を駆けさせたいくらいだった。しかしそんなことをしたら早晩、人馬ともに疲れてしまう。

逸る気持ちを抑えながら、エリアスはすこしずつ秘境へ近づいていった。

そして一軒の農家を訪ねる。アランに借りた金で、帰りの馬を求めた秘境にもっとも近い民家だ。また現れたエリアスに驚いた農夫だったが、頼み事の内容にはもっと驚いていた。

「馬を預かるのは構いませんが、騎士様はたったお一人で、それも徒歩で秘境に入りなさるおつもりで？」

「何日かたって私が馬を受け取りに来なければ、そのままあなたのものにしてください」

「こんな立派な馬をもらってもいいんですか？　お礼もこんなに？」

預かり料として金貨を何枚か渡し、エリアスは馬から荷物を下ろす。非常食と二組の着替え、そして横笛だけを背負い袋に詰め直し、あとは農夫に預けた。

「本当に騎士様お一人で行かれるんですか。大丈夫ですか」

人の良さそうな農夫は心配げに何度も尋ねてくる。エリアスは、「私は騎士ではないよ。ただの騎馬兵だ」と笑って、農家を離れた。

荒野と秘境の境にあるイーリィ川にたどり着き、エリアスは河原に腰を下ろした。空を見上げ、ぼんやりと日が暮れるのを待つ。西の空が夕焼け色に染まり、やがて藍色に沈んでいく自然の色彩の変化を目で楽しんだ。

　夜空に星が瞬くころになってから、エリアスは笛を取り出す。今夜も月が上った。月光を浴びながら立ち上がる。胸いっぱいに空気を吸い、細く長く笛に吹きこんだ。彼が好きだと言っていた曲を、次々と演奏していく。

　届け。あの人へ届け。私はここにいる。また見つけてほしい。あのときのように――！

　ただただアランのことを想いながら吹き続けるエリアスの頭上が、ふと真っ暗になる。白い月光が遮られ、真の闇夜になった。でもエリアスは慌てない。なぜそうなったのか、予想がついているから。

　振り仰ぐと、そこには漆黒の巨大な竜がいた。バサッと翼が動くと、河原の砂が一気に舞い上がる。思わず目を閉じたエリアスがまぶたを上げたときには、竜は地面に降りていた。黒い瞳がじっとエリアスを見つめる。

「アラン」

　手を差し伸べると、竜が嘴をそっと寄せてきて、優しく突いた。

「笛の音が聞こえましたか？　それで来てくれたんですよね？」

　頭を上下に動かし、肯定してくれる。エリアスは両手を広げて竜の頭を抱いた。また会えて嬉しい。再会の喜びを伝えたくて、嘴にくちづけた。

「アラン、鱗を剝がしたところはどうなりました？」

約二週間前に鱗を剝がしたあたりを見た。けれど月明かりだけではよくわからない。はっきりとした傷跡を見つけられないでいると、アゼルが長い首を曲げてエリアスの背中を突いてくる。グルルル、と喉を鳴らし、前足でなにかを摑む動作をした。

エリアスをその前足で摑み、移動したいと言っているのだろう。とりあえず秘境の中に入ってしまった方がいいのはわかる。エリアスは笛を袋にしまい、背負った。アランが摑みやすいように両手を上げる。鋭い爪がついた前足が迫ってきても、なんら恐怖は湧かない。アランがエリアスを傷つけることなど、絶対にないと信じられるからだ。

アランの前足に胴体をぐっと摑まれ、つぎの瞬間には空に舞い上がっていた。丸太小屋まではひとっ飛びで着いてしまう。陸路を進めばおそらく何十日もかかるうえに迷って遭難する可能性が大きいのに、夜空の散歩はあっという間で終了だ。

小屋の前にアランはふわりと着地した。月光に照らされた手造りの小屋を見て、エリアスは「帰ってきた」とごく自然に思った。ここにいたのは、わずか六日間。それなのに、なぜか懐かしい。

「エリアス」

背後から名を呼ばれ、振り向いた。黒髪黒瞳の男が、立っていた。もう見慣れてしまった裸は、あいかわらず筋肉に覆われている。微笑みかけると、アランも笑ってくれた。周辺に脱ぎ散らかしてあった服を拾い、アランに手渡す。

「こんなに早く、また会えるとは思っていなかった。よく来たな」

はい、と頷きながら、歓迎してくれているアランの態度に涙がこみ上げてくる。アランはエリアスの肩を抱き、小屋の中へと促した。すぐにランプをつけて、ワインを開けてくれる。ほのかな明かりに照らされた二つのグラスは、新しいものだった。

「いつかまたエリアスが来たら乾杯したいと思って、買っておいた」

ちょっと照れたようにそう言うアランが、とんでもなく輝いて見える。見つめていると胸が締めつけられるように切なくて、喉が苦しくなった。こらえても涙が滲(にじ)んできてしまうので、エリアスはごまかしたくて背負い袋の中から金貨を出した。

「アラン、借りたお金を返します。ありがとう。アランのおかげで無事に城まで帰ることができました」

「金は別に返さなくてもよかったのに。俺はおまえにあげたつもりだった」

「いえ、それはいけません。私は借りただけのつもりでしたし、アランが労働によって正当に得たお金です。受け取ってください」

「そうか?」

アランは渋々ながらも受け取ってくれた。手の中の金貨をしばし眺めたあと、「そうだ」と顔を上げる。

「エリアスはいつまでここにいられるんだ?　もし何日かゆっくりできるなら、港町まで遊びに行かないか」

「港町ですか？」

「この金で、美味いものでも食べよう」

ニッと笑ったアランにつられて、エリアスも笑った。

「楽しみです」

港町と言うからには、海辺にちがいない。エリアスは海を見たことがなかった。城に飾られた絵画の中の海しか知らない。本物を見てみたかった。

「そうだ、アラン、ケガは治りましたか？」

「ケガ？　なんのことだ」

「鱗を無理やり剝がしたとき、出血しましたよね。さっき竜体のときに確認しようとしたのですが、暗くてよく見えませんでした」

「ああ、あれか。あんなもの、もうとっくに治った。あたらしい鱗が生えはじめている。竜人族の治癒力を舐めてもらっては困るな」

アランは不適に笑い、大丈夫だとエリアスの背中を叩いた。叩かれた振動が胸に響く。

ワインを飲みながら、また秘境に来ることになった経緯を話した。

「そうか、俺の鱗を土産に持って帰ったのが、かえって仇になったんだな。いい案だと思ったんだが……悪かったな」

「アランのせいじゃないです。私がもっと上手く立ち回らなければならなかったのに、それができませんでした。それに、またここに来ることができました」

アランが選んだワインは口当たりがよくて飲みやすい。そのうえアランに再会できた喜びが溢れんばかりに湧いてきて、ついグラスを口に運んでしまう。

「アランが鱗を持たせてくれたので、帰り道はずーっとアランがそばにいてくれるような気がして、とても心強かったです。あと、泉で拾ってくれた石もありましたから、ときどき取り出しては眺めて、アランのことを思い出していました」

いつのまにかエリアスは内に秘めたものをとつとつと語っていた。

「あのときの石は、いまも肌身離さず持っているんですよ」

ほら、と袋の中から取りだして見せると、アランが苦笑した。

「こんな石、大切にするほどの価値なんかないだろう」

「いえ、アランがはじめて私に贈ってくれたものです」

「いくらでも本物の宝石を持っているんじゃないのか?」

「私にとって、どんな宝石よりも、この石の方が価値があります」

本気でそう訴えたのに、アランは笑ってエリアスの頭を撫でるばかりだ。駄々っ子を宥める行為としか思えない。いささかムッとした。

「子供扱いしないでください」

「していない」

「じゃあ、頭を撫でているのはなぜですか」

「おまえのことが、たまらなく可愛いからだ。子供扱いなんて、とんでもない」

「可愛い……」

あまり嬉しくない言葉だ。エリアスは成人している大人だ。大人に向かって、「可愛い」はないだろうと思う。

「私はあなたのように格好良くなりたいです」

「俺のことを格好良いと思っているのか」

「思っています。当然でしょう」

「酔ったか。これしきの酒で」

「酔っていません」

否定したのに、アランはワインの瓶を片付けてしまった。

「疲れていたところに酒を飲んだせいだろう。今夜はもう寝よう」

アランがひとつしかない寝台を整えはじめた。敷布を剝がして、棚にしまってあった替えのものを出している。前のように、エリアスをここに寝かせて自分は竜体になって外で眠るつもりだろう。それは嫌だ。それは寂しい。せっかく再会できたのだから、まだ側にいたい。くっついていたい。

「アラン、この寝台は大きいから、二人で眠っても大丈夫だと思います」

つるりと、願望が口から滑り落ちていた。言ってしまってから羞恥がこみ上げてきて、カーッと顔が熱くなる。やはり自分は酔っているのかもしれない。

驚いた表情のアランが、寝台とエリアスを交互に眺めた。

「一緒に寝るということか」

「そ、そうですね」

心臓がバクバクしてきた。

「嫌じゃないのか?」

「嫌なんて、そんな、あるわけないじゃないですか」

半ば自棄（やけ）で「一緒に寝てください」とはっきり言った。アランは戸惑っているようだったが、

「じゃあ、そうするか」と靴を脱いで先に寝台へ上がる。

「ほら」

上掛けをめくってエリアスを招くアランに、ますます顔が赤くなってくる。けれどあまり長く躊躇（ちゅうちょ）していたら、せっかくアランがその気になってくれたのに「やっぱり外で寝る」と寝台から出てしまうかもしれない。エリアスは思い切って靴を脱ぎ、寝台に乗った。

今更かもしれないが気を遣って、腕や肩がアランに触れないよう、距離を開けて身を横たえてみる。

「もっとこっちへ寄った方がいい」

アランの逞しい腕がエリアスを抱き寄せてきた。腕枕をしてもらうかたちになり、心臓がさらにドキドキバクバクしてくる。呼吸をする度に、アランの体臭(たいしゅう)が鼻腔(びこう)をくすぐった。心地よい体温も、心音も伝わってくる。

幼児期からエリアスはひとりで寝ていた。だれかと同衾(どうきん)した経験はなく、はじめての寝方に緊張感が一気に膨れ上がる。おまけに、「おやすみ」と耳元で甘く囁かれて、悲鳴を上げそうになった。

「……お、おやすみなさい」

どうしよう、緊張し過ぎて眠れないかもしれない――と当惑する。

しかし長旅で体は疲れていたらしく、横たわって目を閉じているうちに睡魔(すいま)が訪れた。

アランの存在に安らぎ、ふわふわと寝入りばなの心地よさに意識を揺らしながら、眠りの世界に落ちていく。

アランに会えた。海辺の町とは、いったいどんなところだろう。楽しみだ。何日かここにいさせてもらうつもりなので、アランと二人きりの時間をまずはゆっくりと味わいたい。

エリアスは生まれてはじめて、心からの安寧(あんねい)を感じ、人に対して「愛(いと)しい」という気持ちを抱いた。

◇

「これが、海？」

「そうだ。海だ」

目の前に広がる大海原（おおうなばら）、そして全身に浴びる潮風と波の音に、エリアスは唖然としている。子供のようにあどけない表情が可愛らしい。

夜陰（やいん）に紛（まぎ）れて秘境から海にほど近い岩山に飛んできたアランたちは、夜が明けるまで物陰に潜（ひそ）んでいた。日の出とともに、エリアスを砂浜に連れ出す。

「これ全部、塩味がするっていうのは本当ですか」

「舐めてみたらわかるんじゃないか」

エリアスは靴を脱ぎ、裸足で波打ち際へとおっかなびっくり近づいていく。そして手ですくった海水を舐めてみて、顔をしかめた。

「塩っぱい」

アランが笑うと、エリアスも笑った。「おいで」と手を差し伸べれば、エリアスは戻ってきて手を出す。ごく自然に手を繋いで浜辺を歩いた。エリアスは脱いだ靴を片手に持って、波音に耳を傾けている。

「なんだか眠くなるような音ですね」

生まれてはじめて聞く波音に対して、エリアスはそんな感想を口にした。

コーツ王国に海はない。大きな湖もないので、当然のことながらエリアスはこれほど大量の水と打ち寄せる波を目にしたのははじめてだ。感動している様子を新鮮な気持ちで見守り、アランはエリアスが飽きるまで浜辺を散歩した。運のいいことに浜辺にはほかに人影がなく、男二人が手を繋いで歩いていても、咎めるものはいなかった。

浜辺からすこし離れたところに漁港があり、朝はそちらに人が集中して賑わっているはずだ。アランはなんどか漁港で日雇い労働に勤しんだことがある。漁船から荷を下ろす仕事は常人には肉体的にきついが、アランにとっては適度な運動程度でしかなく、賃金はよかった。

「腹が減ってきたな。街へ行こうか。早朝からやっている、行きつけの旨い店がある」

頷いたエリアスを石の上に座らせ、アランは足についた砂を払ってやった。靴を履かせて立ち上がらせると、エリアスが困惑顔になっている。

「どうした?」

「その……私はたしかに王子だけれど、あなたが侍従のようなことをしなくても……と思って」

「侍従の真似をしたつもりはなかった。不快だったか?」

よかれと思ってやってあげたが余計なことだったのか、とアランは戸惑った。他にもいろいろと身の回りの世話を焼いていた。再会できたことが嬉しくて、エリアスになんでもしてあげたくてたまらなかった。

エリアスがふたたび秘境にやって来たのは一昨日(おととい)の夜だ。夜の空をのんびりと飛んでいたら、聞き覚えのある笛の音が耳に届いて驚いた。音を辿(たど)っていくと、そこにはエリアスが——。

また会えた喜びに、アランはすぐさま丸太小屋に連れて帰った。その夜、ひとつの寝台ではじめて寝た。一晩中でも側にいたい、エリアスの寝顔を眺めていたいと思っていたアランは、飛び上がりたいくらいに嬉しかった。かなり年下のエリアスの前で感情も露わに小躍(こおど)りするわけにもいかず、なんとか衝動(しょうどう)は抑えた。

エリアスはたったひとりで王都からやって来たようで、疲れていた。ワインでほどよく酔った彼はいくらもしないうちに腕の中で寝息をたてはじめ、きれいな寝顔を見せてくれた。アランはずっと飽きずに眺めていたのだ。

翌日は、まず笛を聞かせてもらった。エリアスの笛の音はいい。柔らかくて伸びやかで、穏やかで優しくありながらも心を不意にくすぐるような部分もあって、アランはうっとりと聴き入った。そのあとは泉に連れて行って水浴びを楽しんだ。エリアスの体には傷一つなく、白い肌が眩(まぶ)しいくらいで、目が釘付(くぎづ)けになった。アランは人間の街で手に入れた石鹸(せっけん)を使い、エリアスの全身を洗ってあげた。さらに濡れた体を拭き、服を着せたり靴を履かせたりしたのはやりすぎだっただろうか。

そういえば、そのときエリアスはなにか物言いたそうな顔をしていた。

「不快だったなら、そう言ってくれ」

「いえ、不快だなんてことは、ぜんぜん」

「本当に？」

「本当です。ただその、私はだいたいのことは自分でできるので、そこまでしてもらわなくても大丈夫です」

「不快でないなら、好きにやらせてくれないか。俺は単に、エリアスの世話を焼きたいだけだ」

本心を言っただけなのに、エリアスは頬を赤くして俯いてしまう。繋いだ手にきゅっと力が入れられたので、言葉通りに不快ではないらしいと安心した。

それから港町の店へ連れて行った。一仕事を終えた漁師たちで店内は賑わっている。

「あら、また来たの、アラン。これまたきれいな子を連れて」

いつも一人で現れるアランが少年ともいえる小柄な若い男を――しかもいかにも育ちがよさそうな小綺麗な格好をした男だ――を連れてきたので、店の女将は驚きながらも歓迎してくれた。

「どこで拐かしてきたんだい？」

恰幅のいい女将の軽口にエリアスは目を丸くしたが、新鮮な魚介を使ったスープや揚げ物には素直に「美味しい」と感想を言い、笑顔を見せた。

腹ごしらえをしてから、また海に向かった。こんどは切り立った崖に激しく波が打ち付けている場所だ。海水が泡立ち、渦を巻いているのが崖から見下ろせる。崖の途中で営巣している海鳥を見つけ、エリアスは興味深そうに眺めていた。

水平線近くに、大きな帆船が見えると、「あれも漁船？」と聞いてくる。

「いや、違うな。あれは商船だ。出してある旗が商業組合のものだ」

「アランは物知りですね」

「港で一度でも働いたことがあるやつならだれもが知っているていどのことだ」

「でも私は知りませんでした。世界はやはり広いのだなと、感じます」

エリアスの静かな横顔を、アランはじっと見つめた。

竜狩りを命じられるまで、エリアスはほとんど王都の外に出たことがなかったという。それほど大切に育てられた王子だったのかと思ったが、そうではなかった。第九王子のエリアスに、王は関心がなかったらしい。

(こんな可愛い子に関心がないなんて、コーツ王国の王は頭がおかしいな)

せめてもと鱗を土産に持たせたが、あまり効果はなかったようだ。痛い思いをしたのに損をした気分だ。

どこへ行って聞いてみてもコーツ王国の評判はよくない。このままではよくなるどころか悪くなる一方だろう。エリアスにそんなことは面と向かって言えないが、老齢の王はもう退位して、若くて元気なあたらしい王を立てた方がいいと思う。

次の王はエリアスの長兄らしい。いったいどんな人物だろう。いまの王のようにエリアスを軽んじるようなヤツなら許さない。エリアスがもし、いまの立場が納得できない、どうにかしたいと相談してくれたら、アランはどんなことでも協力するつもりだ。王になりたいと思っているなら、即座に竜体で王都を攻撃してもいい。人間の軍隊ごときに負ける気はしなかった。

（竜を従える若き王——カッコいいじゃないか）

竜体になった自分の背中に乗るエリアスの勇姿を想像し、アランはニヤニヤと笑った。

「どうしましたか、アラン？」

「いや、なんでもない」

大それたことを考えていると知られたら、エリアスに正気を疑われてしまう。彼が権力など欲していないことくらい、一月前に数日間いっしょにいただけでわかった。

それでも、海を飽きずに眺めているエリアスの横顔に魅入っては、夢想してしまう。どこかの街で見かけた王族の姿絵に描かれた、煌びやかな衣装。それに身を包むエリアス。きっと似合うだろう。エリアスはいまのように質素な服を身につけていても、隠しきれずに滲み出る気品がある。粗野な育ちの自分が、侍従の真似事をして仕えたくなるくらいに。

「エリアス、そろそろ潮風が寒くなってこないか？」

アランはそう言いながら引き寄せて、肩を抱いた。甘えたように頭を傾けてくるエリアスの仕草に、なぜだか全身がムズムズする。嫌な感じではなくて、どこかくすぐったいようなムズムズだ。

「アランの体はいつも温かいですね。竜体のときは鱗がひんやりとしているのに。不思議です」

ふふふ、と笑ったエリアスを衝動的に抱きしめた。腕の中にすっぽりとおさまってしまう小柄なエリアス。きょとんとした顔で見上げてきたあと、じわりと頬を赤くする。猛烈に可愛くて、アランは心の中で（あぁぁぁーっ！）と絶叫した。

「アラン？」

「……なんでもない」

咳払い(せきばら)いでごまかして、ふたたび歩きはじめた。

その日は浜辺の宿に泊まり、ひとつの寝台でくっつきあって眠った。寄せては返す波の音を聞きながらエリアスの安らかな寝顔を眺める。滑らかな白い頬と、よく熟れた果実の色をした唇。触れてみたくなり、アランはそっと顔を近づけた。

唇で頬に触れる。ついで、唇をついばんだ。エリアスは安心しきっているのか、深い眠りから覚める気配はない。体にも触れてみたいという欲望が湧いてきた。泉で体を洗ってあげたときとはちがう触り方をしてみたい。けれど、アランはぐっと抑えこんだ。次の発情期まではまだ間があるのに、おかしなことだ。きっとエリアスが可愛すぎるせいだ。

可愛いエリアス。アランに心を許し、ぎこちないながらも甘えたまなざしを向けてくれる。一日中、毎日、そばに置いておきたい。離れたくない、とアランは強烈に愛しく思った。

どこから拐かしてきたんだい――という、店の女将の言葉が脳裏によみがえった。本当にエリアスを連れてどこかへ逃げようか。自分だけのものにしてしまおうか。秘境のもっと奥に連れ去り、だれにも会わずに二人だけで暮らそうか――。

いや、それはできない。エリアスはきっとそんなことは望まない。アランはエリアスを不幸にするつもりはない。

どうすればいい？　どうすればエリアスは幸せになる？　どうすれば、エリアスはいつも笑顔でいられる？　どうすれば自分はエリアスの側にいられる？

（そうだ、血の絆……）

アゼルがランドール将軍と結んだという血の絆。竜人と人間が深いところで結びつくことができるという、心の契約らしい。その方法や効能は、竜人族の中でも途絶えて久しい。唯一、知っていたかもしれない占い婆は、もう何年も前に死んだ。

（もしエリアスと血の絆が結べたら、離れられなくなるのだろうか。いつも側にいなければならなくなるとしたら、生涯、束縛されることになる）

たいした制約がない竜人族の村すら出てきて自由気ままに過ごしてきた自分が、果たして束縛される生活に耐えられるのだろうか。

（いや、そもそもやり方がわからないし）

それでも考えてしまう。血の絆が結べるとしたら、自分はどうする？　エリアスはどう考えるだろうか？

アランは空が白みはじめるまで、考え続けた。

浜辺の宿で一泊したあと、翌日は日が暮れるまで浜辺で遊んだり港町の市場で買い食いをしたりして過ごし、夜になってからアランとエリアスは秘境の小屋に戻ってきた。

東の空が白みはじめたら泉へ行き、潮風に晒された髪と肌を洗いあう。エリアスはすこし日に焼けて、白い肌が赤くなってしまっていた。ひりひりと痛むと言うので、炎症を抑える作用がある薬草を摘んできて肌に貼りつけた。

こまめに水を飲ませ、日陰でエリアスを休ませる。アランはせっせと薬草を摘んできては貼りかえた。丸一日そうしていたら赤みは引いた。もう大丈夫と言うので薬草を剝がす。エリアスは看病のお礼にと言って笛を吹いてくれた。

まずアランが気に入って、たびたび演奏をねだる曲。そして、はじめて聞く曲も。しっとりとした切ない旋律に、アランはエリアスがなにかを訴えかけようとしているような気がした。演奏しているエリアスをじっと見つめる。視線を感じてか、伏せていた目を上げてエリアスが見つめ返してきた。曲が終わるまで、エリアスはアランと視線を絡ませ続けた。

「アラン……」

憂いを含んだ鳶色の瞳に、「なんだ?」と精一杯の柔らかい口調で聞く。エリアスはなにか重要なことを言おうとしている。きっとアランにとって好ましくないことだ。しかし聞かなければならない。

「私は、そろそろ帰らなければなりません」

　ああやはり、とアランは目を閉じる。

「あなたにもう一度会えて、嬉しかったです。生まれてはじめて余所の国を見られて楽しかった。連れて行ってくれてありがとう。海も見せてくれました。アランと一緒に飛んだ夜空の美しさも、二人で歩いた浜辺のことも、忘れません。お世話になりました」

　まるで永遠の別れのような言葉を並べるエリアスを、アランは思わず抱き寄せた。このまま帰せるはずがない。

「帰るな。ずっとここにいればいい。俺と二人で、楽しく暮らしていこう。贅沢はさせてあげられないが、生きていくだけの恵みは森から受けられる。たまに俺が人間の街で働けば、必要なものは買える。なに、俺は体だけは丈夫だから、働いて稼ぐのは簡単だ。ランプ用の油だって、服だって、本だって、エリアスがほしいだけ買ってやる。森の中に住むのが嫌なら、どこへでも連れて行ってやろう。俺の翼を使えば、海の向こうへだってひとっ飛びだ。だれも俺たちのことを知らない国にも行けるんだ」

　アランは思いつく限りの利点を挙げた。二人で楽しく暮らしたいのは自分の方だと、本音を噛みしめながら、「帰るな」と繰り返す。

「ここにいろ、エリアス。俺は、おまえがいてくれた方が楽しいし、嬉しい」

「でも、私は帰らなければなりません」

「帰っても楽しいことなどないだろう。エリアスが幸せになれるとは思えない」

「城には母がいるのです。私の帰りを待っています」

母親の存在を出されると、アランはなにも言えなくなる。

「──わかった……。いまは帰るとして、また会えるか？　それなら、帰ってもいい。俺はここで待つ」

アランにとっては最大級の妥協なのに、エリアスの返事は曖昧なものだった。

「……絶対にまた会えるとは、約束できません……」

「どうしてだ」

「二度も竜狩りに失敗して帰った私を、父王はきっと許さないからです。おそらくなんらかの懲罰が下されると思います」

そんなことを聞かされたら、ますます帰したくなくなる。

「やはり帰るな。おまえはなにも悪くないのに罰が与えられるとは、どういうことだっ」

「アラン、大丈夫です。罰といっても、命に関わるようなものではなく、謹慎とか、そのていどのことだと──」

「謹慎？　いままでも王都からほとんど出たことがなかったんだろう。それ以上の謹慎とはどんなものだ」

憤(いきどお)りを抑えきれないアランの問いに、エリアスは視線を落として答えられない。

もう色々なものを諦めてしまっている様子に、アランは苛立った。

「エリアス、帰る必要なんかない。おまえの父親は、おまえを正しく評価していない。俺の側にいろ。俺はエリアスを大切にできる。なによりも優先するし、なにものからも守ってやる。おまえだって、本心では帰りたくないんだろう？　俺との生活が楽しかったんだろう？　俺に会いたくて来てくれたんだろう？　それとも、王命に従って嫌々ながら来たのか？　金を返すためだけに来たのか？」

「ちがいます。あなたに、会いたくて――」

「だったらここにいろ。ここにいてくれ」

抱き寄せたエリアスの赤銅色の髪に頬を寄せ、アランは額にくちづけた。

「アラン……」

エリアスがそっと腕を伸ばしてアランの背中を抱き返してくれた。その腕のたしかな感触に、体の中が温かくなってくる。

「アランは、血の絆がどんなものか知っていますか」

唐突にエリアスが言い出した。

「聞いたことはあるが、俺はやり方を知らない」

「そうですか」

　エリアスは落胆したように俯く。その表情に、期待してしまう。

「なんだ、俺と血の絆を結びたいのか？」

「……父は『血の絆』を結べば竜を自由に使役できると思いこんでいますが、そういうものではないのでしょう？」

　答えになっていない。ちょっとがっかりしながら、とりあえず、アランは一族の常識として教えられたことを語った。

「どこまで血の絆で竜人を言いなりにさせることができるのか、俺はまったく知らない。そういうことを、村の大人たちは子供に一切教えないからな。たぶん大人たちも知らなかったんだろう。竜人族が人間たちから離れたのは、もう五百年以上前だ。そのころのことを知っている者たちは、とっくに死んでいる。俺たちは子供のころ、人間は竜人族を言いなりにさせて酷い仕打ちをするから恐ろしい、近づくなという教育を受けた。しかしアゼルの例を見る限り、血の絆とは竜人の意志を無視して使役するものではないようだ。血の絆を結んだあとのアゼルに直接会ってはいないが、あいつは将軍と二人で村に挨拶に来たらしい。とても仲がよくて、アゼルは満ち足りた笑顔をしていたと聞いた。将軍に大切にしてもらっているようだと」

「私の国に、以前アゼルとランドール将軍に会ったことがあるという元大臣がいて、すこし話を聞きました。その人はやはりアランがいま言ったように、血の絆は竜人を言いなりにさせるものではないと言っていました。信頼関係があってこその、魂の契約なのではないかと……。私もそう思います」

アランはエリアスを抱き寄せたまま移動し、寝台に並んで腰掛けた。

「父は、もう長いこと悪い夢を見ているのです。覚めない夢です。竜を手に入れて使役し、国力を取り戻そうとしています。そんな単純なことではないのに……。私は竜を狩ることなんてできません。もともとアランたち、竜人を捕らえる能力は備わっていないし、もし捕らえられたとしても父の私欲のために利用するなんて、とんでもない」

「父親には逆らえないのか」

「私が背いたら、母が真っ先に投獄されるでしょう。そんな恐ろしい目にあわせたくありません。信頼できる兄に、もしものときはお願いしてきましたが……」

項垂れるエリアスの顔を見て、アランは迷いを捨てた。

「よし」

ひとつの決意をした。

「俺もエリアスとともに王都へ行こう」

腕の中でエリアスが体を震わせた。鳶色の瞳が唖然としたように見上げてくる。

「……えっ……？」

「本当は帰したくないが、エリアスがどうしても帰ると言うなら仕方がない。だが俺も行く」

「行くって……?」

「俺を捕らえたことにしろ。そうすればエリアスは罰を受けずに済むし、むしろ手柄になる」

「待ってください、竜の姿で王都へ行くんですか」

「そうだ。みんなびっくりするぞ」

「それはびっくりしますよ。でもそんな危険なこと、私のためにしなくてもいいです。私は手柄なんてほしくありません。父は竜に並々ならない執着をしています。城に行ったら、なにをされるかわかりません」

「俺が行きたいんだ。おまえと離れたくない」

「アラン……」

もう決めた。エリアスのために王都へ行く。捕らえられたふりをしたあとに逃げ出すことなど、容易いだろう。どうせ人間たちには、竜を制御する術などない。アランが本気になって暴れたら、どんな太い鎖で繋いでも意味はないのだ。

心配そうなエリアスに、アランは自信たっぷりに微笑みかけた。

「心配するな。一度城に行って、従っているふりをしてから人間の姿になって逃げる。それなら、エリアスの失態にはならないだろう? 人間の姿で、王都の仕事を探そう。おまえの近くにいるためなら、市場の下働きでも牛飼いでもなんでもしてやる」

本気でそう言ったのだが、エリアスは浮かない顔をしている。

「王都で暮らせるのですか？　ここでの自由な生活を愛していたあなたが」

「できるさ。日雇いの仕事を何度も経験してきたことが、役立つときが来たな」

「アラン……私は自由なあなたが好きです。あなたが私のために街の暮らしを選ぶことはありません。あなたの自由を犠牲にしてまで保身したいなんて、思ったことはありません」

エリアスの瞳が潤んでいる。アランの自由のために泣いてくれるエリアスが愛しくて、ますます決意が固まった。

「街暮らしが嫌になったら勝手にここに戻るさ。俺はどこにいても自由だ。そこのところを、おまえが気にすることなどない」

安心させるためにわざと軽い口調で言ってみた。エリアスから離れて生きていくことはもう考えられなくなっている、などと正直に告げる必要はない。いまはまだ。

「本当に？　本当に秘境に戻りたくなったら、戻りますか？　無理な我慢はしませんか？」

「しない」

「約束してください。竜の姿で王城に行ったあと、すぐに逃げること。そして、そのあと王都で暮らしたとしても、帰りたくなったら私のことなど気にせずに帰ること」

「約束する」

はっきりと頷いたら、エリアスはホッとしたように表情を緩めた。そしてアランの手を、そっと握ってきた。指を絡めて、たがいの熱を分け合うようにしばらく無言で寄り添っていた。

◇

エリアスは耳元でごうごうと風が唸る音を聞きながら、自分を前足で摑んでいる竜を見上げる。漆黒の竜はまっすぐ前を見て、悠々と翼を動かしていた。

青空の下を飛ぶ黒い竜は、地上にいる人々からどう見えているのだろう。街道沿いに飛んでいるので、時折道行く人が気づいて見上げてきた。その表情まではエリアスには見えないが、きっと驚愕していることだろう。

エリアスが落ち着かなくあちらこちらに視線を飛ばしていることに、アランが気づいたようだ。長い首をちょっとだけ曲げて、様子を窺うようにエリアスを見てきた。具合でも悪いのか、地面に降りたいのか、と尋ねているように見えたので、エリアスは「大丈夫」と声に出した。

そうか、と頷くようにしてから、アランが進行方向に向き直る。

片道十日かかる行程が、アランの翼にかかればわずか半日だ。あっという間に荒野を抜け、いくつもの街を越え、王都を囲む城壁が彼方に見えてきた。

緊張が増してきて、エリアスは嫌な感じで鼓動を早めた。やはりアランは秘境に帰った方がいい――そんな言葉が喉まで出かかる。アランはいつでも逃げ出せると楽観的に考えているが、父王の執着心を知っているエリアスは、そう簡単にはいかないのではないかと危惧していた。

アランは、そこにいるだけで神々しいほどの威厳を放つ、希有な存在だ。アラン以外の竜人を知らないけれど、だれよりも強くて優しくて包容力がある男だと思っている。二人でこのまま暮らしていこうと言ってもらえて、どれだけ嬉しかったか。

できるなら、アランと二人きりで静かに暮らしていきたい。しかし城には母がいる。一人息子のために様々な制約に耐えてきてくれた母のことを、考えずにはいられない。

アランを城に連れて帰れば手柄になる。明白だ。彼の好意を利用している自分が嫌になる。かけがえのない、大切な存在になっているアラン。

夜空を飛んだときも、アランのために笛を吹いたときも、泉で体を洗いあったときも、そして手を繋いで浜辺を歩いたときも、すべてが大切な時間だった。

はじめて会ったときから惹かれていたのだと思う。漆黒の鱗に覆われた体が素晴らしく美しく、威厳に満ちた姿に心を奪われた。人の姿になったときは驚いた。優しくされてもっと驚いた。男らしいのに細やかに世話を焼いてくれて、朗らかな笑顔を向けてくれた。

エリアスが一国の王子だと知っても、アランはなにも変わらなかった。一人の人間として接してくれるアランに、エリアスはすぐ心を許したのだ。

アランのようになりたい。自由で、強くて、大らかで、頼り甲斐があって。

なぜこんな気持ちになるのかわからなかったけれど、再会してはっきりした。会えばわかると半ば確信していたのが、本当にそうなった。

自分は、きっとアランを愛している。

男だからとか、種族がちがうとか、そんなことはどうでもいい。十八歳になるまで、だれかにこんな想いを抱いたことはなかった。母親とは違う次元で、アランは最も大切な存在になったのだ。そんなアランを、国に連れ帰って危険な目に合わせてしまうかもしれない。申し訳なくて、アランに頼るしかない自分が不甲斐なくて、苛立たしかった。

アランと血の絆は結んでいない。やり方がわからなくてよかったと思っている。王都でなにがあるかわからない以上、余計なことはしない方がいい。血の絆がどんなものかわからないのだ。アランが逃げにくくなってしまってはいけない。

いよいよ城壁が近づいてくる。そこでアランが吠えた。地の底から響くような野太い声で。

空気がびりびりと振動するような大音響に、櫓（やぐら）の上に立つ警備兵が右往左往しはじめたのが見えた。街の人たちもこちらを見上げ、指を差している。ここまで来たら、もう引き返せない。エリアスは腹を括（くく）るしかなくなった。

「アラン、あの前庭に降りてください」

エリアスの指示に、アランが短く吠えて返事をした。バサリ、と翼がはためく。高度を落とし、減速したアランは、エリアスが示した場所にふわりと着地した。幾何学（きかがく）模様を描くようにして木が植えられ、丁寧に剪定（せんてい）された、王の間の正面にある庭だ。何本かの庭木を踏んづけて折ってしまったが、仕方がない。

エリアスがアランの前足から降り立つと、王の間からバラバラと弓や剣を手にした警備兵たちが出てきた。しかし遠巻きに眺めているばかりで、だれも近づいてこない。竜が恐ろしいのだろう。

「これはいったい、どうしたことだ」

パークスが驚愕の表情で出てきた。その後ろには父王がいる。侍従長に太った体を支えられながら、よろよろと歩み寄ってきた。宰相(さいしょう)や高官たちに、むやみに近づいてはいけないと制止されても構わずに、グラディスはただ一心に竜だけを見ている。

「竜だ！　本物の竜だ！　素晴らしい、なんて素晴らしい！」

頬を紅潮させ、長年の夢だった竜を見上げた、その鳶色の目は感動のあまり潤んでいた。

「あの鱗の持ち主の竜だな？　色がおなじだ。美しい漆黒の竜だ……。なんて強そうな、大きな竜だろう！」

もうグラディスの目は竜から離れない。興奮しすぎて、このまま卒倒してしまいそうだった。

パークスはなにやら警備兵に命じている。ちらりとエリアスを見てきたが、声はかけてこなかった。なにか嫌な予感がしたが、それよりも父王をこれ以上アランに近づかせない方がいいと、声をかける。いざというときに逃げにくくなってしまっては困る。

「父上、あまり近づくと危険です。この竜は人に馴れていません」

「そうなのか？　おまえは前足に捕まって飛んできたではないか。そうか、血の絆を結んだのだな。だからおまえには従順なのか」

「いえ、血の絆はまだです」

「なぜだ。なぜすぐにでも結ばなかった？」

責める勢いで問われ、エリアスは口籠もる。

「やり方がわからなかったので……」

「わからないならわからないなりに、なにか試してみたのか？」

「いえ、まだです」

「さっさとやれ。思いつく限りことを試せ。血の絆というからには、血が関係しているのだろう。竜の生き血を啜ってみたらどうだ。逆におまえの血を竜に飲ませてみろ」

父王の目は血走っていた。狂気に取り憑かれてでもいるようだ。助けを求めて侍従長に視線を向けるが、困惑顔で首を左右に振るだけだ。宰相に至っては目を逸らされる。グラディスの側近は王を怒らせることが怖くて、だれもまともに意見ができないらしい。

「……わかりました。明日にでも、試してみます。今日はもう休ませてください。竜とともに空を飛んできて疲れました」

父王は「軟弱なことを」とブツブツ文句を言いながらも許してくれた。

パークスの部隊が前庭に入ってくる。荷馬車を何台も誘導して、なにかの準備をはじめた。荷台には飼い葉が積んである。竜の餌にでもするつもりだろうか。

アランは興味深げに周囲を見渡し、余裕の態度で翼を畳んでいる。飛び立つ気配はない。早く逃げて欲しかったが、ここでエリアスが「飛び立ってくれ」と声をかけるわけにはいかない。

エリアスは荷台から飼い葉を下ろし、それを竜の周りに置いている兵士たちに歩み寄り、なにをしているのか尋ねた。一回目の竜狩りのときに親しくなった兵士が、「これは薬草のようです」と答えてくれる。

「薬草？　どんな効能の薬草なんだ？　竜に食べさせるのか？」

「いいえ、火をつけると聞きました」

「火？」

驚いて、エリアスはパークスの元へ駆けていった。

「パークス大尉、この薬草に火をつけるそうですが効能は――」

「殿下、お手柄でしたね」

パークスはエリアスに仮面のような作り笑顔を向けてきた。

「素晴らしい竜です。おかげでいざというときのために用意しておいた薬草が無駄にならずにすみそうですよ。竜に効くといいんですがね」

「だから効能はなんですか」

「まあ、見ていてください」

パークスが片手を上げて合図を出すと、兵士たちが薬草に火をつけた。パークスが懐から布巾を出して鼻と口を覆う。ほぼ同時に、兵士たちも同様に布巾で鼻と口を隠す。

火がついた薬草から、白い煙がもうもうと立ち上がった。またたくまにアランを囲むように煙が広がっていく。異変はすぐに起きた。アランが低く唸り、苦しそうに体を捻ったのだ。

「まさか、毒？」

思わずアランの元へと駆け出そうとしたエリアスの腕を掴んできて、パークスが引き留めた。

「行くのは止してください。殿下まで煙を吸ってしまう。ほら、風上に」

「でも竜が……っ」

「ただの痺れ薬です」

「痺れ薬？」

アランが長い首をだらりと下げた。座る体勢が保てなくなったのか、ドウッと地響きとともに体を横たえる。兵士たちは火がついた薬草を扇ぎ、竜の体にしつこく煙を送った。

（アラン！）

やはり予想外のことが起きてしまった。動けなくなったアランの四肢に、部隊のものたちが頑丈そうな鎖を巻きつけていく。アランはぼんやりとしたまなざしをエリアスに向けたまま、動かなくなった。

（なんてこと……）

心が引き裂かれるように痛み、大声でアランの名を叫びたい衝動に駆られた。ぐっと唇を噛んでそれに耐え、胸の内で何度も懺悔する。

(ごめんなさい、アラン、ごめんなさい……)

エリアスのためにここまで来てくれたのに。こんなことになってしまった。

なんとかして逃がさなければ。絶対にアランを自由にする。たとえ竜を逃がしたのが自分だと知られてもいい。これは自分の責任だ。

無力なはずの人間に囚われ、鎖で繋がれている姿なんて、アランに似合わない。アランは自由に空を飛んでいるべきなのだ。薬効が消えるのはいつだろう。解毒薬のようなものはあるのだろうか。薬寺院に尋ねても教えてくれるだろうか。

まずはルーファスに相談しようと、エリアスは急ぎ足でその場を離れる。本当はアランのそばについていてあげたかった。しかしほかに優先しなければならないことがある。

(アラン、待っていてください)

勝機はある。エリアスは連れてきた竜が、じつは竜人族だとは言っていない。薬効さえ消えれば、アランは人間に変化できるだろう。そうすればどれだけ頑丈な鎖で繋がれていても、すり抜けることができる。

エリアスはルーファスがいる離宮へと急いだ。

「兄上?」

「エリアス!」

途中の廊下で車椅子を侍従に押してもらっているルーファスに遭遇した。

「例の竜を連れてきたというのは本当か。私にも竜を見せてくれないか」

エリアスが竜とともに帰還したと聞いて見に来たらしい。さすがのルーファスも興奮していて、頬を紅潮させていた。

「それは構いませんが、兄上、相談したいことがあります」

エリアスの深刻な声音に、ルーファスはハッとしたように真顔になった。

王の間から庭に出て、白い煙に包まれるようにして横たわっている黒い竜を、二人で並んで眺める。内心の忸怩たる思いを表情に出さないよう、エリアスは気を張った。

「本当に竜というのは大きいのだな……」

感心した呟きのあと、ルーファスが王の間に近い一室にエリアスを促した。侍従を廊下で見張りとして立たせ、室内に二人だけになる。

「さあ、相談したいこととは、なんだ？」

「アランを解放したいのです」

エリアスは痺れ薬の効能がいつまで続くのか、解毒剤のようなものはないのか尋ねた。

「まさか、パークス大尉がいざというときのためにあんな薬草を用意していたなんて、知りませんでした。アランの屈辱を思うと、申し訳なくてたまりません」

涙ぐみそうになってしまう自分を、なんとか落ち着けようとするが、心を許しているルーファスの前ではなかなか難しい。そんなエリアスの背中を、ルーファスが宥める手つきで撫でてくれた。

「薬寺院に気付け薬があるはずだ。効き目が薄くなってきたころに飲ませるといいだろう。エリアスがもらいに行くと怪しまれそうなので、私が行ってこようか」

「いいえ、私が行きます。これは私の責任です。怪しまれても構いません。私のためにあえて危険な選択をしてくれたアランをなんとかして逃がしたい、それだけです」

「そうか……」

ルーファスは銀色の髪を揺らし、窓越しにアランの漆黒の体を見つめる。

「それだけの覚悟があるなら、私はもうなにも言わないでおこう。ただ、サリー殿には会っておきなさい」

エリアスは顔を上げてルーファスの鳶色の瞳を見た。聡明な異母兄がなにを言おうとしているのか、エリアスは察していた。

もし竜を逃がしたのがエリアスだと知られたら罪に問われることになる。竜狩りに失敗したときの罰とは比にならないくらいの重罪となるだろう。王への反逆とみなされるかもしれない。

そうなったらエリアスはただではすまないし、母親にも累が及ぶかもしれない。

「母に、会ってきます」

「私は薬寺院に使いを出しておくよ。エリアスが気付け薬をもらいにくるはずだから、用意しておいてくれ、とね」

「そんなことをしたら、兄上が加担したとバレてしまいます」

「私のことは気にしなくていい。父上に糾弾されてものらりくらりとかわすさ」

「そんなことができるのか、とエリアスは懐疑的になったが、ルーファスは不敵な笑みを浮かべた。

「ここだけの話、父上はもうダメだ。加齢による判断力と思考力の低下は危険な域に達している。近いうちに退位していただいて、王太子に代替わりしてもらわなければならない。私は宰相の補佐として役職につくことになるだろう」

思慮深く、何事にも慎重なルーファスがこうまではっきり言うということは、それなりの準備が出来ていることなのかもしれない。

「……その話、父上は……」

「もちろん、ご存じない。だが私と意見をおなじくする者は多い。みんな、この国の行く先を憂慮している者ばかりだ。このまま国力が弱まっていけば、周辺のどこかの国に飲みこまれ、コーツ王国は消えてしまう」

その通りだ。ルーファスは自分の書斎に籠もって書物から学ぶばかりではなく、王城の主だった者たちとひそかに交流を持ち、今後のことを真剣に考えていたのだ。

「私も、兄上のお考えに賛同します」

「ありがとう」

頼もしい笑みに、エリアスは自分が謀反者として投獄され、最悪処刑されたとしても、この国のことはルーファスに任せておけば大丈夫だと思うことができた。

その場でルーファスと別れ、エリアスは後宮へ向かった。

母親・サリーはエリアスの訪れを待っていた。

「お帰りなさい」

静かに微笑み、サリーはエリアスを優しく抱きしめてくれた。

二度目の竜狩りに出かける前、サリーには竜人族のアランのことを打ち明けてある。なぜアランといっしょに戻ってきたのか、事情を聞きたそうな表情をしていた。

「息子と二人きりにしてくれるかしら。お願い」

サリーは侍女たちを部屋から出した。ソファに向かい合って座り、サリーはエリアスの顔を慈愛のこもったまなざしで見つめてくる。

「竜を連れて帰ったそうですね。陛下はお喜びだったでしょう」

「はい、とても。ですが私は、できるだけ早いうちに逃がすつもりです」

やっぱり、という感じでサリーが苦笑いする。

「どうしてアランを連れて帰ってきたの？」

「彼は私に手柄を立てさせるために、ここまで来てくれました。計画では、姿を見せたあと、すぐに飛び立って逃げる予定でしたが、いまは痺れの効果がある薬草で動けないようにされています。まさかそんなものが用意されているとは思っていなくて……。これは私の落ち度です。考えが甘かった。アランに申し訳ない思いでいっぱいです。これから薬寺院へ行き、気付け薬をもらってきます。薬草の効き目が薄れてきたころに飲ませて、逃がします」

一切、口を挟むことなく、サリーはじっと聞いている。

「おそらく、私が逃がしたことはすぐにわかってしまうでしょう。私が罪に問われることになったら、母上にも累が及ぶかもしれません。もしそうなったら……すみません。親不孝な私を許してください」

頭を下げるエリアスに、サリーは慈しむような瞳を向けてくる。

「エリアス、私のことは気にしなくていいのよ」

ふふふ、とサリーは笑みをこぼし、エリアスの頬に手を伸ばしてくる。

「アランという竜人が、とても大切なのですね。あなたから決意のようなものを感じます。自分の信じる道を行きなさい。後悔がないように、あなたが望むことをしてくれれば、私は母として本望です」

「母上……」

「好きなように生きなさい。あなたの人生は、あなたのものなのですから」

母の晴れ晴れとした笑顔に、エリアスも微笑んだ。エリアスがおのれの道を選択しようとしているごとを、母は喜んでくれている。今後の身の上になんらかの影響があるかもしれないのに。母の大きな愛に、エリアスは心から感謝した。

「母上」

エリアスはサリーの前に膝をつき、その白い手の甲にくちづけた。

「私はいつまでも、どこへ行くことになろうとも、母上の息子です。私に音楽を授けてくださってありがとうございました。今日まで……溢れるほどの愛情を注いでくださったこと、忘れません」

「エリアス……」

涙を浮かべた母親を抱きしめて、エリアスはきつく目を閉じた。

◇

夜が更け、半分に欠けた月が中天にかかるころ、アランは四肢の痺れがいくぶんマシになってきたことに気づいた。

（クソッ、油断した）

まさかコーツ王国のものたちが、姑息にも竜対策として薬草を大量に用意していたとは思わなかった。城に到着して王に姿を見せたら、とっとと飛び去ってしまえばよかったのに、アランは右往左往する人間たちが愉快で、観察してしまっていた。

なにがあるかわからない、と心配していたエリアスに「大丈夫だ」と余裕の態度でいた自分を殴ってやりたい。目の前で倒れた自分を見て、エリアスが真っ青になっていたのが思い出されて、心の中で舌打ちする。

アラン自身は、エリアスのためになるなら何日かこのまま囚われの身になってもいい。どうせ薬効は時間とともに消えるだろうし、いつまでも痺れ薬を使っていては竜は寝ているばかりで使役できない。

あのあと、エリアスはどこかへ行ってしまった。間抜けなアランを見限ったとは思っていない。きっとどこかで今後の対策を検討しているにちがいない。

（無茶なことを考えていなければいいが……）

アランはそれが心配だ。ここまで来たのは、エリアスのためだ。彼に竜狩りの手柄を立てさせ、正当な評価をさせるために飛んできた。それなのにアランを助けるためにエリアスが余計なことをしたら、すべてが台無しになってしまう。

アランは目だけを動かして、自分の周囲に立っている警備兵を見た。所々に篝火が焚かれ、兵たちは暢気（のんき）に会話をしたり、眠そうに欠伸（あくび）をしたりしている。どうも竜は朝までこのまま起きないと思いこみ、まったく警戒していないようだ。

さらに夜が更けて月が西へと動くと、兵の数が減った。その代わりに、アランの周囲に例の薬草を運びこんできた。朝になったらまた火をつけるつもりなのかもしれない。

（あの煙に巻かれたら面倒だな）

命に関わるほどの効果ではないが、動けなくなっている自分をエリアスが傷ついた目で見るのが嫌だった。

アランはこっそり身動いで、どれだけ動けるか試してみた。まだ僅かに痺れが残り、体が重い。けれど動けないほどではない。人間の姿に変化することはできるだろう。鎖から逃れてすぐに竜体に戻り、飛び立てるだろうか。もし飛び立てなければ最悪だ。ただの竜ではなく竜人族であることがバレるだけ、という楽しくない事態になる。

どうしたものか——と思案していると、植木の枝がかさかさと揺れた。その陰からエリアスが顔を覗かせる。

聴覚が人間より優れているアランだから些細な物音が聞き取れ、夜目が利くからそれがエリアスだとわかるが、警備兵たちはだれも気づいていないようだ。エリアスは黒っぽい服を身につけていた。そして大きな壺を抱えている。

「アラン、アラン」

そっと呼びかけてきた。アランは警備兵が余所見をしている隙に頭を動かし、エリアスに「聞こえている」と目で応える。エリアスはホッとしたように笑顔を見せ、抱えていた壺を掲げてみせた。

「体調はどうですか？　まだ痺れが残っていますよね？　これ、気付け薬です」

口を開けて、と言われてその通りにする。そこにエリアスが壺の中身を注ぎこんできた。苦くて不味かったが、ごくんと飲みこむ。

「しばらくすれば効いてくると思います」

エリアスがアランの頭を抱くようにして撫でてきた。癒やす気持ちがこめられた手つきに、アランは目を閉じる。エリアスは嘴にくちづけてくれると、「ごめんなさい」と謝ってきた。

「私のためにここまで来てくれたのに、こんなことになって、申し訳ありませんでした。動けるようになったらすぐに逃げてください。人間に変化できますか？」

慎重に四肢の状態を確かめた。気付け薬が効いてきたのか、さきほどよりも感覚がはっきりしている。これなら大丈夫そうだ。

思い切って、人間の姿になってみた。足の裏に土の感触を認識したと同時に、腕をぐっと引かれる。エリアスに庭木の陰へ連れこまれた。

「すぐ竜になれますか？　なれないようなら、これを着てください」

アランが着られそうな大きさのシャツとズボンが用意されていた。一瞬、迷う。

竜体に変化できそうではあったが、エリアスがこのあとどうするのか聞き出したかった。気付け薬をどこから調達してきたか知らないが、エリアスが竜を逃がしたと知られたらただでは済まないだろう。

「おい、竜はどこへ行った？」

「竜が消えたぞ！」

警備兵たちが騒ぎ出したのが聞こえる。急いで服を着こんだ。

「こっちへ」

エリアスの先導でその場を離れる。広い庭の隅、暗がりから暗がりへと渡り、庭をぐるりと囲んでいた高い塀が途切れたところまで来た。鉄製の扉があり、大きな錠前が二つもぶら下がっている。

「おい、鍵がかかっているぞ」

「大丈夫です」

エリアスは懐から取り出した鍵で二つとも開けた。その鍵はどこから持ち出したのか。問い質したかったが、エリアスに続いてアランもその扉をくぐることを優先した。

塀の外はまた庭だった。まるで迷路のように庭木がたくさん植えられている。だがエリアスは通るべき道がわかっているようで、迷いなく小走りで進んでいく。

「アラン、体調はどうですか。まだ竜になれませんか」

途中でいったん足を止め、エリアスが振り向いた。月明かりだけが照らしているからではなく、エリアスは青ざめている。その手を握ってみると、これだけ体を動かしているのに冷や汗で湿っていた。極度の緊張感に、全身を強張らせているようだ。

竜を逃がすことが重大な背信行為だと理解しているからだろう。昨日、城に着いて王に姿を見せた直後に飛び立っていれば、エリアスにこんな裏切りをさせる必要はなかった。つくづく自分の慢心が悔やまれる。

「もう竜体に変化できそうだ。あの気付け薬が効いたらしい」

「だったらすぐに竜になって逃げてください。竜人であることを知られてはおしまいです。どんな方法で捕らえられ、監禁されるか……想像しただけで恐ろしい……。きっと、父上は竜が手に入りさえすればいいのです。そのあとどう使役するかは考えていないのでしょう。だから薬草を使うことに躊躇わなかったのだと思います。城にいては危険です。一刻も早く逃げてください」

「だったらいっしょに逃げよう。エリアスをここに置いていくことはできない。気付け薬とさっきの錠前を外した鍵は、どこで手に入れた？　すぐに調べられて、おまえの仕業だとばれるだろう。おまえにとっても、ここはもう危険な場所になった。置いていくことなど、できるわけがないっ」

「アラン……」

エリアスの鳶色の瞳が涙で潤む。ああ泣かせた、と胸が引き絞られるように痛み、愛しさが募って思わず抱きしめた。エリアスの細い腕が、縋りつくようにアランの背中に回される。二人で力の限りに抱きしめあった。

「エリアス、こんな気持ちになったのは生まれてはじめてだ。自分よりもほかのだれかを大切に思う日が来るなんて、想像もしていなかった。おまえがこの城で酷い目にあうかもしれないなら、置いていくことはできない。俺といっしょに行こう」

「アラン」

見上げてくる白い顔に覆い被さるようにしてくちづけた。

いままで体にならら何度も触れた。泉で全身を洗ってあげたこともある。眠っているエリアスにこっそりくちづけたことも。

こうして目覚めているエリアスの唇におのれの唇を重ねたのははじめてだった。高ぶる感情のままに強く吸う。柔らかくて、あたたかくて、乱暴に吸いつくとトロリと崩れて溶けてしまいそうなほど儚いもののように思った。

顔を離して見つめる。エリアスは目を丸くして、薄く口を開けていた。唖然とした表情も、とんでもなく可愛らしい。

「愛している」

鳶色の瞳がさらに見開かれた。じわりと涙で濡れていく様を、アランは目を細めて見つめる。

「おまえを離したくない。俺と生きてくれ」

「アラン……」

エリアスの目尻から、一筋の涙がこぼれ落ちた。月の光にきらきらと輝きながら頬を伝って

いく涙を、アランは指で拭ってやった。

「私も、あなたが好きです……」

嬉しい言葉をもらい、アランはもう一度くちづける。軽く吸うと、エリアスも吸い返してくれた。たったそれだけで背筋が震えるような快感が生まれた。

人間の街で娼妓を買ったことがある。肉体的な快楽はたしかにあって、それなりに満足した。けれどそれらはすべて、ただの欲望の発散でしかなかったのだと、いまはっきりわかった。

心から愛する者となら、ただ唇を重ねただけで痺れるような官能に包まれるものなのだ。

「ああ、エリアス……」

華奢な体をぎゅっと抱きしめた。もう手放せない。離したくない。

「俺についてきてくれ。絶対に大切にする」

「アラン……」

「俺よりもおまえの方に、たくさんしがらみがあるのはわかっている。エリアスはこの国の王子で、守らなければならない母親がいる。俺も王弟という立場だが、国の規模がちがうし、守る者などない。いままで自由に生きてきた。だからといって、安易に『俺と生きてくれ』と言っているわけではないことは、理解してくれるか」

「わかります、アランが真剣に私の立場を考えてくれていることは、わかっています。私も、できるならアランといっしょに行きたい……」

エリアスの胸に、葛藤が渦巻いているのだろう。苦しそうな表情になる。

「やはり母親を置いてはいけないか?」

「……母には、アランのことを話しました。逃がすつもりでいることも。そうしたら、『自分の信じる道を行きなさい』と言われました」

「素晴らしい母だな、エリアス」

はい、とエリアスが頷く。そのとき、くぐってきた扉のあたりで声が上がった。

「おい、ここが開いているぞ。賊が侵入したのか?」

「なんだ? どうした? 竜が消えたことと関係があるのか?」

兵士たちの複数の足音が近づいてきた。もう迷っている暇はない。

「エリアス、いったんここから逃げよう」

「わかりました」

アランはエリアスから離れ、一瞬で竜体になった。着ていた服がボロ布になって散っていく。

「竜だ!」

「竜が現れたぞ!」

庭木の間から一斉に矢が射られ、アランは背中を向けた。漆黒の鱗は人間が放つ矢尻ごとき、跳ね返してしまう。痛くも痒くもない。カツンと鱗に当たっては地面に転がっていく矢を気にすることなく、アランはエリアスに手を伸ばした。エリアスが両手を上げて腹部を晒す。アランが握りやすいように。

「エリアス殿下だ！」

「殿下が襲われているぞ！」

　警備兵がエリアスに気づいた。アランは構わずにエリアスを掴みにいく。放たれた一本の矢が、吸いこまれるようにしてエリアスの背中に消えたのが見えた。

　なにが起こったのか、アランはわからなかった。

　エリアスの顔から表情が消え、糸の切れた操り人形のように地面に崩れ落ちる。そのまま動かなくなった。背中の中央に木の枝が生えている。いや、ちがう。矢が刺さったのだ。その矢は胴体を貫通して、腹から矢尻を出していた。

　いったい、どうしたのか。愛するものの身に、なにがあったのか。これはなんだ。エリアスの腹から滲んでいる赤い液体はなんだ。

　目の前で倒れているエリアスが信じられなくて、アランは頭が真っ白になった。あまりの衝撃に動けないでいるアランの周りに、兵士たちが怖々と寄ってくる。

「大変だ、流れ矢が殿下に当たってしまった！」

「すぐに医師を呼べ！　城内に運びこめ！」

　エリアスの惨状に気づいた兵士が大騒ぎになった。そのうちのひとりがエリアスに触ろうとしたときだった。アランは我に返り、腹の底から咆吼した。

（触るな！　俺のエリアスに触るな！）

後ろ足で地面を叩き、長い尾を振り回した。

「うわぁぁ！」

庭木ごと兵をなぎ倒す。倒れているエリアスを掴み上げ、何度も怒りの咆吼を上げた。

腸(はらわた)が煮えくりかえるような怒りがアランを襲っていた。エリアスが流した血を見たせいか、視界が赤く染まっている。右往左往する人間たちを追いかけ、石で造られた城壁に体当たりをした。小さな櫓は尾でぶち壊した。堀にかけられた跳ね橋は踏みつけた。

だれが矢を射た。なぜ射た。なぜエリアスに当たった。

憎(にく)い。すべてが憎い。エリアスをこんな目にあわせた、この城の人間たちが、全員憎かった。

城も憎い。エリアスにとって冷たい檻(おり)のようでもあった城だ。国の権威の象徴でもあっただろう。なにもかもが、憎くてたまらなかった。

月に向かって吠え、アランは我を失って破壊を続けた。死人が出ようと構わない。ここにエリアスの母親がいることすら忘れていた。城だけに飽き足らず、城下町へと目を向けたときだった。

「……アラン……」

かすかに手の中のエリアスが声を上げた。まだ生きていたエリアスが、自分を呼んだ。

「殿下が竜に喰われてしまう！」

「取り返せ、殿下をお助けしろ！」

急に動きをとめたアランに、まだ動ける兵たちがわらわらと寄ってきた。エリアスの様子を見たいのに、これでは手を開くこともできない。

アランは夜空に飛び立った。王都の上空を横切り、街道沿いの街をいくつか越え、着地できる場所を探した。あまり悠長に飛んでいる時間はない。それほど人家から離れてはいないが、広い牧場の真ん中に降り立ち、そっと地面にエリアスを横たえる。人間の姿になったアランは、震える声で名を呼んだ。

「エリアス！　しっかりしろ、エリアス！」

血に濡れたエリアスの服を脱がすと、やはり矢は血肉を裂いて背中から腹に飛び出している。酷い有様に、アランは気がおかしくなりそうだった。

エリアスをこのまま失ってしまうのか。はじめて愛した者を、こんなふうに死なせてしまうのか。

絶望しかけたとき、天啓のようにひらめくものがあった。それは何世代か前の竜人から受け継ぎ、深層意識に沈んでいた記憶だったのかもしれない。

いま、瀕死の状態にあるエリアスを救う、唯一の方法がある。

「血の絆だ……！」

その方法と、それがもたらす身体的な変化が、アランの脳裏にはっきりと浮かび上がる。

竜人族は人間にくらべて治癒力が優れている。些細な傷なら放っておいてもあっという間に治ってしまうし、ある程度の深い傷でも舐めて唾液を塗りこんでおけばいい。エリアスの命をつなぎ止めるには、竜人族の唾液と血、および血の絆という契約は、人間を不死にする万能薬などではない。これは賭けだ。

「エリアス、エリアス！」

血の気を失った青白い頬をそっと叩く。うっすらと目を開けたエリアスに、アランは語りかけた。

「おまえを死なせたくない。いまここで血の絆を結ぼう。そうすれば命が助かるかもしれない。俺と魂の部分で繫がってくれ」

「……だめ……そんなの……」

掠れた声でエリアスが拒絶する。まさか拒まれるとは思っていなかった。

「なぜだ、エリアス。このままでは死んでしまうぞ。おまえは生きたくないのか」

「……アランは、自由で、いてほしい……。血の絆で、私と繫がったら……それが……なくなるかも……」

「なにを言っているんだ、エリアス。俺はたとえおまえと血の絆を結んでも自由だ。不自由になったなんて絶対に思わない。俺はおまえに生きていてほしい。生きて、俺の隣で楽しそうに笑っていてほしいんだ。また笛を吹いてくれ、俺のために」

「アラン……」

力の入らない細い手を持ち上げ、アランは甲にくちづけた。指先が冷たい。血が流れすぎたのだ。胴を貫いている矢は、きっといくつもの臓器を傷つけている。猶予はもうほとんどないに等しいだろう。

「頼む、エリアス、承諾してくれ。血の絆は、合意がないと成立しない。俺はおまえに死んでほしくない。おまえを失ったら、俺はきっと気が狂う。俺を助けると思って、頷いてくれ」

エリアスが不意に咳きこんだ。土気色の唇から大量の血があふれ出す。エリアスの命がこぼれ落ちていくようで、アランは悲鳴を上げそうになった。

「エリアス、エリアス、頼むから、うんと言ってくれ。いいな？　いまから血の絆を結ぶぞ？いいな？」

かすかに、エリアスが顎を動かした。それが頷きだと認め、アランは竜体に変化する。嘴を開いて舌を出し、躊躇なく噛んだ。舌の先から滴る血を、エリアスの口に注ぎこむ。そしてエリアスの腹から突き出ている矢尻を折り、背中から引き抜いた。どっと吹き出す血を、こんどは嘴で啜った。

エリアスの血が、アランの中に入った。

（ああ……！）

全身の血が沸き立つような感覚に囚われる。夜だというのに、視界が白く染まった。いや、自分の体とエリアスが光を発していたのだ。四肢にあらたな力が漲っていく。

魂の部分で繋がりが生まれたのか、朦朧とした意識の中でエリアスがアランを思い遣ってくれているのが感じ取れた。自分自身が死の淵をさまよっている状態でありながら、アランを血の絆のせいで不自由にさせたくないと言ったエリアス。

たしかに血の絆を結んだ人間とは、たがいに束縛しあう関係になる。けれど、こんなものがなくとも、アランはエリアスとは離れたくないと思ったし、愛によって束縛されるなら悪くない。

竜人族の血の効果か、エリアスの腹の傷口からの出血は止まっていた。しかし酷い傷はそのままだ。エリアスは気を失っている。アランは傍らに蹲り、舌を伸ばした。根気強く、丁寧に、傷を舐めていく。

月が西の稜線に沈み、東の空が白みはじめたころ、エリアスの意識が戻った。構わずに腹を舐め続けるアランの嘴に触れてきて、「生きてる……？」と呟く。

（生きているさ。俺がおまえを死なせるわけがない）

ホッと安堵しつつ胸の内で返せば、エリアスが驚いたように目を瞬いた。

「あれ？　どうしてアランの声が聞こえるの？　アランはいま竜なのに……」

血の絆で結ばれると、竜体のときでも意思の疎通ができるようになるらしい。これは便利だ、とアランが喉の奥でグルルルと鳴いて喜びをあらわしたときだった。

遠くの方から複数の馬が駆けてくるのが聞こえた。王都からの追っ手かとアランが首を伸ばして音が響いてくる方を見てみると、数十頭の馬を率いた牧童が近づいてきていた。日の出とともに放牧に来たのだろう。牧童はアランに気づき、驚愕して馬たちを引き返させようと制している。

追っ手ではなかったことに安堵したが、いつまでもここに留まってはいられない。

（エリアス、家に帰ろう）

アランはそっとエリアスを前足で掴み、翼を広げる。一気に空へ舞い上がった。上空から街道を見下ろすと、追っ手らしい騎馬はどこにもいない。城をかなり壊してしまったので、逃げた竜と傷ついた王子を追うどころではないのかもしれなかった。

二人きりで静かになれる場所へ帰りたい――そう胸の内で呟くと、エリアスから同意する気持ちが伝わってきた。

朝日に照らされながら、アランは秘境へ向かった。

◇

ふと目を開けると、丸太の梁が見えた。壁紙など使われていない、素朴な木の天井と壁。薄暗いのは、窓の鎧戸が閉まっているせいだ。しかし隙間から外の陽光が差しこんでいて、真っ暗闇ではない。

エリアスはアランの丸太小屋に寝かされているようだった。寝台に横たわったまま、部屋の中を見回す。家主の姿はなかった。手足が鉛を詰めたように重く、寝返りすら困難だったが、意識ははっきりしている。命は助かったようだ。

喉が渇いて、水がほしいと思った。しかしアランはいない。寝台を降りて水瓶のところまで歩いていけるとは思えない。どうしよう、と思案しているところに、アランの気配が近づいてきた。食料の調達に出かけていたらしい。この季節の果実と川魚が手に入ったようだ。

「エリアス、起きたのか」

扉が開いて、蔓で編んだ籠を抱えたアランが入ってきた。アランは籠をテーブルに置くと、まっすぐ水瓶へ歩いていき、カップに水を汲んだ。それを手に寝台まで来てくれる。エリアスが水を欲していることが、どうしてわかったのだろう。いや、それよりも、自分はどうしてアランが果実と川魚を持って帰ってくることがわかったのか。

「ほら、体を起こしてやる」

アランに介助してもらい、上体を起こした。カップから水を飲むと、干からびていた体が潤っていくようだった。矢が背中から腹へ貫通していたはずだが、水が飲めるということは内臓の損傷は奇跡的に軽かったのだろうか。

好きなだけ水を飲んで人心地ついたエリアスを、アランはまた寝かせてくれる。

「具合はどうだ？　そんなに痛みはないようだが」

「痛みはないです。ただ体に力がまったく入らなくて、動けません」

「血が多く流れ出てしまったからな。傷自体はしだいに治っていくだろうが、体力が戻るのにはすこし時間がかかるかもしれない」

アランは椅子を寝台の横に運んできて、籠から熟れた果実を出した。椅子に座ると、エリアスの見ている前で皮を剝いていく。

「食べられそうか？」

口元に小さく千切った果肉を差し出され、そのまま食べてみた。自然な甘みが美味しくて、思わず笑みが浮かぶ。

「美味しいです」

「そうか、よかった」

アランは何度かエリアスの口に果肉を運び、もうお腹いっぱいだと言うと、残りを自分で食べた。さて、とアランが立ち上がる。

「外で魚の燻製を作ってくるよ」

「ちょっと待ってください、聞きたいことがあります。血の絆は、結局どうなりました？　アランに問われたとき、私は意識が朦朧(もうろう)としていて、あのあとどうなったのか覚えていません」

具体的には、矢が刺さってからのことがはっきりしていない。激痛のあとに猛烈な寒さが襲ってきた。失血による体温の低下だろうが、アランが恐ろしいほどの咆吼を上げていたような気がする。

目の前が暗くなっていき、気を失ったあと何度もアランに呼びかけられ、血の絆を結べば命が助かると説得された。「俺を助けると思って、頷いてくれ」と耳元で叫ばれて、頷いた――と思う。

「ああ、血の絆は成立した。俺とおまえは魂の部分で繋がっている。以前と違うだろう？　気がついていないのか？」

「もしかして……」

さっきから、おたがいに言葉にしなくても、考えていることをなんとなく察することができている。不思議に思っていた。血の絆が結ばれたので、エリアスとアランは相手のことが以前よりもずっとわかるようになっていたらしい。

「俺も、ひとつ聞いておきたい――というか、確認しておきたいことがある」

「なんでしょうか」

アランがぐっと上体を倒してエリアスに覆い被さってきた。なにごとか、とじっとしていると、いきなり唇に唇を押しつけられた。つまり、くちづけられた。触れただけで離れていった唇を、エリアスは唖然として見上げる。アランはニッと笑った。

「俺が愛していると言ったことは、覚えているのか？　あれはケガをする前のことだったが」

　そうだ。城の庭で、逃げる途中に愛の告白をされたのだ。エリアスは喜びに震えながら、おなじ気持ちであることを伝えた。そして、痛いほどの抱擁の中、熱いくちづけを交わした。

「あ……はい、覚えて……います」

　忘れるわけがない。エリアスにとって、生まれて初めてのくちづけだった。思い出すと、顔が熱くなってくる。アランはふっと目を細め、「ならいい」と小屋から出て行った。

　ひとりになってからも、エリアスは頭に上った血を引かせることができない。何度も何度も、あのときの幸福感がよみがえってきて、全身がカッカしてくる。同時に、切羽詰まった状況だったとはいえ、大胆すぎた自分に羞恥も感じた。

「ううぅ……」

　エリアスは動かない体で身悶え、興奮し、結局はそれで疲れてしまい、ふたたび眠りに落ちたのだった。


　何日か寝たきりだったエリアスは、少しずつではあったが起きていられる時間が長くなっていった。アランは甲斐甲斐しく世話を焼いてくれ、夜はひとつの寝台で身を寄せ合って眠った。

　そのうち、アランは海辺の街まで出かけて日雇いの仕事をしに行くようになった。エリアスいるようだった。


の着替えを買う金がなかったからだ。それに、滋養のあるものを買って食べさせたいと考えて
　アランが留守をすると、エリアスは寂しい。服なんか肌を隠せればなんでもいいし、滋養のあるものなんて特別にほしいと思っていない。アランがそばにいてくれた方が元気になれそうだった。そう訴えても、アランは出かけていく。

「すぐ帰るから、待っていろ」

日に焼けた顔で笑うアランは眩しいくらいに頼もしくて格好良くて、胸がドキドキした。

アランが帰ってこない夜は、どうしても色々なことを考えてしまう。

父王はエリアスの行方がわからなくなったことについて、どう対処したのだろうか。

母はいま元気でいるだろうか。エリアスが竜に攫われたわけではなく、みずからついていったのだと察してくれているだろうか。無事でいることを伝えたいが、いまは無理に連絡を取らない方がいいだろう。

　アランとの関係も深めていきたいと思っている。男同士でも性交できることを、エリアスは知識として知っていた。貴族の中には、一時の遊びとして同性と気軽に夜を共にする者が少なくなく、エリアスも年上の貴族からそれとなく誘われたことがあった。父王の後宮にはいま女性しかいないが、先代や先々代の時代は男性もいたと聞いた。

（アランと、抱き合いたい……）

いままでそうした行為に興味はなかった。だから誘われても応じたことがない。しかし体力が戻ってくるにつれて、そういうことも具体的に想像するようになってきた。アランとひとつの寝台で体をくっつけあって眠っているせいかもしれない。

(早く元気になって、アランと生まれたままの姿になって抱き合いたい……)

きっと素晴らしい体験になるだろう。そう確信しているのに、体調は焦れったいほどゆっくりとしかよくならない。死にそうな目にあったわけだから仕方がないのかもしれないが、歯がゆくて辛い。いくら血の絆の神秘の力をもってしても、エリアスのケガを治すのにはそうとうの時間が必要なのだろう。

(お腹が空いたな)

エリアスは寝台から起き上がり、アランが用意しておいてくれた干した果実を食べた。甘酸っぱくて美味しい。

アランが金を稼いでエリアスに滋養のあるものを食べさせたいと思ったのは、実は正しい考え方だ。秘境の中の丸太小屋には、果実や川魚などの森の恵みと、数種類の薬草しかない。衛生状態も、とてもいいとは言えなかった。健康なときには気にならなかったことだ。

季節はこれから秋になり、冬に向かう。大陸の南方にある秘境に雪は降らない。しかし冬は冬だ。隙間だらけの丸太小屋では、弱った自分の体が朝晩の寒さに耐えられるかどうかわからなかった。もっと温かい地方に移り住んだ方がいいのかもしれない、とエリアスはアランが帰ったら相談してみようと思っている。

寝台に戻って考え事をしているうちに、いつしか眠っていた。目が覚めたとき、アランがそばにいた。いつの間にか朝になっていて、鎧戸からうっすらと朝日が漏れている。アランはちょっと笑って、「ただいま」と言い、エリアスの頬にくちづけてきた。

「お帰りなさい。いつ戻ってきたんですか？　気づかなくてごめんなさい」

「戻ったのはついさっきだ。まだ寝ていていい」

アランが大きな手でエリアスの頭を撫でる。エリアスは上掛けをめくり、「すこし休みますか？」と尋ねた。いつもよりアランの元気が足らないような気がしたからだ。

もやもやとした悩みがアランの中で生じているのが感じられる。人間の街でなにかあったのだろうか。思ったように稼げなかったのかもしれない。もしそれが申し訳ないと思っているのなら、エリアスはそんなこと気に病まないでくれと言いたい。健康を取り戻しさえすれば、エリアスも働けるのに、それができていないのだから。

「エリアス、さっきここに戻ってくるときに、川の畔で兵士が野営しているのを見つけた。掲げられた旗は、コーツ王国のものだった」

「えっ……」

「二十人程度のかなり小規模な集団だったが、兵士であるのはまちがいないだろう。おまえを救出するために追ってきたのか、俺を狩るために来たのかは、わからない。どちらにしろ、ここに留まっているのは、危険かもしれない」

アランの危惧はもっともだ。上空から見ると、この丸太小屋は秘境のわりと浅いところに建っている。しかも小高い丘の上にあり、アランが竜体で離発着しやすいよう、周囲の樹木は切り倒されていた。装備を万全にした、高度に訓練された兵が秘境に挑めば、発見される可能性がある。

「俺ひとりならば、小屋が見つかってもどうということはないが、いまだ療養が必要なエリアスがいるとなると……」

「足手まといになってしまって、すみません」

「そういう意味で言ったわけじゃない。勘違いするな」

叱るときもアランは優しい。頬の肉を軽く摘まれて、変な顔にされた。すぐにその頬をてのひらで包まれる。覆い被さるようにしてくちづけてきたアランは、しばらくじっとエリアスを見つめてきた。

「エリアス、住処を変えよう」

「そうですね。じつは私もそう提案しようと思っていました」

「追っ手が来ることを予想していたのか？」

「いいえ、ちがいます。私の体が万全な状態になる前に冬が来たら、ここでは過ごせないかもしれないと考えました」

「それはそうだな」

アランはぐるりと小屋の中を見回す。

「よし、決めた」

アランの漆黒の瞳から迷いが消えていた。

「エリアス、サルゼード王国に行こう」

思いもかけない提案だった。

「サルゼード王国ですか？」

「あの国には甥のアゼルがいる。三十年前から竜人を匿(かくま)っている国だ。俺のことも迎え入れてくれるかもしれない。もし滞在が許されるなら、冬の間だけでもいさせてもらおう。来年の春までちゃんと静養していれば、きっとエリアスの体は回復する。そうしたら、あたらしく二人で暮らしていく場所を探しに行こう」

二人で暮らす場所を探しに行く。なんて輝きに満ちた言葉だろう。アランと二人なら、エリアスはどこででも暮らしていけるような気がしていた。それにとりあえず落ち着く場所を確保できたら、母に手紙が書けるかもしれない。そのためには、まず体調を戻さなければならない。

しかしサルゼード王国がどんな態度に出てくるのか、まったくわからなかった。アゼルの叔父であるアランはともかく、エリアスは国交を断絶しているコーツ王国の第九王子だ。果たして迎え入れてくれるだろうか。

「とりあえず、行ってみよう」

「……はい」

大歓迎してほしいとは思わない。ただ、拒むことなく国の隅で静かに静養させてもらえたら、それでいいのだ。アランの手を取って、エリアスは寝台から起き上がった。

◇

「おい、竜だ！」

「真っ黒い竜が現れたぞ！　しかもやけにデカい！」

サルゼード王国の王都マクファーデンの上空を飛びながら、アランは街の様子を窺った。

街の人間たちは、突如現れた漆黒の竜に驚き、大騒ぎになっている。王都の中央のやや奥にある立派な石造りの城を眺め、アランはさてどうするか、と思案した。

いきなり来ることをせずに、まずアゼルに手紙でも書けばよかったのかもしれない。どこに降りればいいのかすらわからず、旋回するしかなかった。

前足の中のエリアスは寝台で使っていた上掛けでくるみ、できるだけ冷たい風に当てないようにして運んできた。移動中に眠ってしまったのか、目を閉じて動かない。秘境からここまで、結構な距離を飛んできた。エリアスはきっと疲れている。早く地面に降りたい。清潔で温かな寝台に横たわらせてあげたかった。

　マクファーデンに来たのははじめてだ。コーツ王国の王都よりもずいぶんと規模が大きな街で、いかにも大陸一の大国の王都だった。街は都市計画にそって整備されたらしく、まっすぐに伸びた石畳の道が城を中心に放射線状に延びている。街路樹の緑が適度に配置され、広場には子供が遊べる遊具が置かれていた。

　健全な政のもとに、人間たちがのびのびと心穏やかに生活しているのがわかる。

　コーツ王国で感じたどこか淀んだ空気は、ここにはなかった。

（あれ？　もしかして、あれは……）

　城を囲む水堀のすぐ横に建つ、古いが立派な屋敷の庭に、白いものが出現した。陽光に輝いているのは——白ではなく、灰青色の鱗をした竜だった。その竜はバサリと翼を広げて飛び立ち、アランに近づいてきた。約三十年ぶりに再会した、甥のアゼルだった。アランよりも二回り以上は小柄な光り輝く体を翻し、アゼルは「こちらに」と誘導してくれた。

　森の中では目立ち過ぎて生きにくそうだったアゼルだが、ここでは繊細で優美な芸術品のように見える。水堀の横の屋敷にふわりとアゼルが降りたので、アランもそれに倣った。

　すこし離れた場所で待機していた人間の男が、手にしていた服を広げながらアゼルに近づいていく。竜体から人間の姿に変化したアゼルの裸体に、その男が丈の長いガウンのようなものを着せかけた。

男は四十歳くらいの容貌で、がっしりとした逞しい体つきをしている。アゼルの腰に腕を回して親しげに抱き寄せているところをみると、おそらくこの男がアゼルの血の絆の相手、ランドール・オーウェルだろう。サルゼード王国の正規軍の最高責任者だ。軍事力はコーツ王国の比ではないと聞く。大陸最強の軍を率い、自身も騎士として腕が立つらしい。アランは噂話でしか知らないが。

「アラン叔父さん、おひさしぶりです。事情をお聞きしたいので、人間の姿になってくれませんか。ここは安全です」

わざわざ安全だと宣言してくれたのは、アランが手に人間を摑んでいるからだろう。ここまで来たからにはアゼルとオーウェル将軍を信用するしかない。頼るつもりで丸太小屋を出てきたのだ。

アゼルは美しい青年になっていた。健康的な肌艶と、生き生きとした水色の瞳から、ここで幸せに暮らしているのがわかる。

アランはそっとエリアスを地面に下ろし、人間の姿になった。オーウェルが、アランに「これを使え」とやはりガウンぽいものを差し出してくれる。ありがたく受け取り、それに袖を通してから、エリアスを抱き上げた。やはり空の旅がエリアスにはまだそうとうの負担だったらしく、目を閉じたままの白い顔からは血の気が引いている。

「アゼル、この子を休ませてあげたい。どこでもいいから、ひとつ部屋を貸してくれないか」

「ランディ、いいですよね？」

アゼルが問うと、オーウェルはにこやかに頷いた。どうやらここは彼の屋敷らしい。

「アラン叔父さん、客間に案内します」

屋敷の中に入っていくアゼルのうしろをついて行った。前を歩くアゼルの足取りに迷いはない。この建物の中を熟知しているようだ。

「ここは将軍の家だろう。アゼルはよく来るのか」

疑問を口にすれば、アゼルは微笑みながら振り向き、「僕もここに住んでいます」と答える。

「ここを使ってください」

通されたのは、小綺麗な客間だった。日当たりがいい居間と、天蓋（てんがい）つきの寝台がふたつ並ぶ寝室があり、小さな浴室までついていた。

「なにかあったら、これを鳴らして」

居間のテーブルの上に小さなベルが置かれていて、アゼルがそれを鳴らすとしばらくして老年と青年の男がやってきた。二人とも白いシャツに黒いズボン、灰色のベストを着ている。この服装をしているものは屋敷の使用人だと教えられた。

「必要なものや、用があるときは彼らを呼んで、頼んでください。まずはその少年のために医師を呼びましょう。あなたには軽食を用意してもらいます」

まるでこの屋敷の女主人（ホステス）のように、アゼルは使用人にてきぱきと指示をし、部屋を出て行っ

た。アランはエリアスを寝台に寝かせ、使用人が持ってきてくれた布巾で起こさないように優しく手足の汚れを拭いてあげた。使用人に手伝ってもらって、エリアスを寝衣に着替えさせることもした。

しばらくして、医師を連れたアゼルが戻ってきた。御典医でもあるという医師は、長年、竜人のアゼルも担当しているという。アランが竜人で、エリアスと血の絆を結んでいること、腹部を矢が貫通する大ケガをしたこと、竜人の治癒力でここまで治したことを説明しても、特段驚いたりはしなかった。

医師はエリアスの腹部をはだけて触診し、聴診器で心音や呼吸音を聞いた。エリアスからは穏やかな眠りの波動しか伝わってきていないので、どこかが痛いとか苦しいとかの不調はないはずだ。それでも真っ当な医師に診せたのははじめてなので、アランは緊張した。

「心音も呼吸音も、特に異常はないようです。それほどの大ケガをしたあとなら、体力はかなり落ちているでしょうな。栄養のあるものを食べ、ゆっくりと静養していれば、まだ若いのだし、じきに回復するでしょう」

これといって悪いところはないという診断結果を聞き、アランは安堵した。医師は貧血に効くという薬包を一月分ほど出してくれた。

「まずは好きなだけ寝て、食べて、回復に努めるように。しばらくしたら落ちた筋力を取り戻すために、まず短い散歩からはじめなさい。くれぐれも無理はしないように――」

などという今後の対応を、いくつかアランに授けてくれた。

医師を送っていったアゼルが、黒い軍服を着たオーウェルとともに戻ってきた。

「アラン叔父さん、すこし話を聞かせてもらえませんか」

オーウェルはアランから事情を聞いたあと、登城して王に説明するつもりのようだ。

アゼルと将軍がアランたちを受け入れてくれたとしても、王がどう判断するかは、まだわからない。国を挙げてアゼルを守っているようなので、希望は持てると思うのだが……。

「隣の部屋で待っていてもらえるか？」

「わかりました」

アランは横たわっているエリアスを見下ろした。まだ眠っている。エリアスが目覚めたとき、一番にアランの顔が見られるようにそばについていてやりたいが、自分たちが置かれた状況を説明するのも重要だ。無理やり起こすのは忍びない。寝かせておこう。

寝台を離れようとしたとき、エリアスが身動ぎした。「ん……」と唸ったあとまぶたが開き、鳶色の瞳がアランを見つけた。

「エリアス、起きたか」

「……ここは、どこ？」

きょろきょろと寝室を見回すエリアスに、「サルゼード王国の王都マクファーデンだ」と教えてやる。

「着いたのですか？」

「着いた。そしてここは、甥のアゼルがいる屋敷だ。オーウェル将軍の家らしい」

「将軍の？」

「体調はどうだ。将軍が俺たちから話を聞きたいと、隣の部屋に来ている。まだ顔色がよくないが……起き上がれるか？」

「大丈夫です」

起き上がって寝台から降りるのを介助してやる。客用のガウンを羽織らせ、試しに歩かせてみる。ふらついて危なっかしいので、アランは抱き上げた。

「歩けます」

「こっちの方が早い」

隣室へ行くと、アゼルとオーウェルはテーブルについて使用人にお茶を淹れてもらっていた。アラン用なのか軽食の皿も並べられていた。

エリアスを椅子に下ろし、アランも空いている席に座る。

「はじめまして、ようこそマクファーデンへ。僕はアランの甥のアゼルです」

エリアスはアゼルをぽかんと見つめてからハッとしたように瞬きをして、「はじめまして」と挨拶した。アランとアゼルはおなじ竜人族なのに、容姿がまったくちがうことにびっくりしたのだろう。

「コーツ王国第九王子エリアスです」

つづいてオーウェルが自己紹介し、「我が屋敷へようこそ」と笑みを浮かべる。

意外なことに、オーウェルとアゼルはエリアスがコーツ王国の王子だと聞いても驚かなかった。ちらりと顔を見合わせ、まるで答え合わせができたとばかりに頷きあっただけだ。

「十日ほど前に、コーツ王国の王都で騒ぎがあったことは知っている」

オーウェルが静かに話し出した。

「漆黒の竜が現れ、城を半壊させるほどに大暴れしたあと飛び去っていったと聞き、アゼルがその竜はもしかして叔父のアランではないかと言っていた。黒い成竜は叔父しかいないと。その騒ぎの最中に、王族の一人が行方不明になったらしいが――君のことだな?」

はい、とエリアスが頷く。頷きながら、アランに「城を半壊って、なんのことですか?」と尋ねてきた。ぎくっと肩を揺らしてしまい、背中に嫌な汗をかく。

アランが怒りのあまりに大暴れしてしまったことを、気絶していたエリアスはまったく覚えていなかった。余計な心労をかけたくなかった――というのは言い訳だ。いくら城であまり大切にされていなかったといっても、あそこにはエリアスの肉親がいたし、世話をしてくれていた侍従もいたはず。エリアスに嫌われたくなくて、アランは言わずにいたのだ。

「あー……いや、その、つい我を忘れて……」

「我を忘れて?」

「おまえに流れ矢が当たって、頭に血が上った。それで、まあ、思い切り暴れて――」

「竜になった状態で暴れたんですか。城を半壊させるほど」

エリアスが険しい表情になり、アランは居たたまれない。

「どうしてそんなことをしたんですか。あそこには、何百人も人がいたんですよ。無事ではすまなかった人がたくさんいたのではないですか」

「それは、そうなんだが……。すまない、あのときのことは、俺自身、よくわからなくて」

「わからないはずないでしょうっ」

声を荒らげたエリアスに、アゼルが「落ち着いて」と声をかけた。

「殿下、仕方がなかったのだと思います。竜人族はそういう生き物ですから」

「そういうって……」

「愛する者を失う悲しみに襲われると、我を忘れるんです」

「そうだ。俺は、エリアスが殺されたと思って、怒りのあまり我を忘れた。あの場にいた人間などどうなってもいいと、力の限り吠え、城壁をぶち壊して回った。絶望のあまり、気が狂いそうだった」

思い出したくない。結果的にエリアスは助かったが、愛しい者の腹から矢尻が突き出している光景など、できるなら記憶から抹消（まっしょう）したいくらいだ。

「アラン……」

つり上げた目を戻し、エリアスが気遣わしげにテーブルの下で手を握ってくれる。その手を強く握り返し、あのときの嫌な記憶をため息で追い出した。

「俺が城を壊したことを黙っていたのは、悪かった。あそこにはおまえの母親がいたのに……。すまない」

きっと母親の安否が心配だろうに、エリアスは黙って微笑んでくれた。

それからアランとエリアスの二人で、いままでの経緯をオーウェルに話して聞かせた。出会いから、別れと再会、そして二人でコーツ王国の王都コベットへ行ったことまで。アランがしでかしたことを、オーウェルはかなり詳しく知っていた。サルゼード王国は国交が断絶している国にも間諜を置いているらしく、逐一、報告を受けているようだ。

「だいたいの君たちの事情はわかった。アゼルの叔父アランと、その血の絆の相手であるエリアス殿下をこの屋敷で匿うことについて、私に異論はない」

「ありがとうございます」

エリアスが張り詰めさせていた気を緩めたのがわかって、アランもとりあえず胸を撫で下ろした。

「コーツ王国の情勢について続報が入ったら、君たちにも教えることを約束する。手の者には、エリアス殿下の母君の消息を探るように伝えておこう」

「そんなことまで……。ありがとうございます」

エリアスは立ち上がって、オーウェルと握手した。

「君たちの滞在については、陛下もおそらく同意してくださるだろう。あの方はアゼルにかなり入れこんでいるので、叔父のアランについては問題ない。殿下のことも、おそらく大丈夫だ。コーツ王国は我が国と長年に渡って対立してきた。色々と思うところはあるが、それとエリアス殿下個人は関係ない。竜人族が体を張って助けた人間に、陛下はひとかたならぬ興味を抱くかもしれないな」

「興味、ですか」

「まあ、しばらくは静養中だと言って牽制しておく」

オーウェルは苦笑しながら席を立つ。

「じゃあ、二人はゆっくりしてください。夕食もここに運ばせますから」

アゼルはそう言い、オーウェルとともに部屋を出て行った。二人きりになってから、アランは改めてエリアスに謝った。

「城のこと、黙っていて悪かった」

「あなたが私に言えなかった気持ちは察します。でも、王都の城は私の家でした。教えてほしかったです」

「そうだな。これからは全部おまえに隠さず伝えるようにする」

「そうしてください」

軽食を済ませてから、エリアスを昼寝させるために寝室に戻った。アランもいっしょに寝台に横になり、添い寝する。

「アラン、アゼルさんって、すごくきれいな人ですね。びっくりしました」

こそっと小声で言ってくるエリアスに、「そうか？　おまえの方がきれいだ」とアランは思ったことをそのまま返した。

「そんなはずありません。なにを言っているんですかっ」

瞬時に顔を赤くして怒ったエリアスは、アゼルよりも本当にきれいなのに、なぜ怒るのか。

「私なんか、アゼルさんに比べたらたいしたことはありません。血の絆を結んだ相手だからと、お世辞を言わなくてもいいです」

「世辞だと？　どうして俺がエリアスに世辞を言わなくちゃならんのだ。おまえの方がきれいなのは事実だろう」

「ちがいます。アランの目はおかしいんじゃないですか？」

カッカと頬を紅潮させて起き上がったエリアスに、「わかったから、寝ろ」と横たえさせる。

「アランの目はおかしいです」

「ああ、そうだな。きっとおかしい。いいから、もう寝ろ」

興奮したエリアスを宥めるために、アランは仕方なく折れた。自分はまったく悪くないのに。

けれどなぜだか腹は立たない。そっと髪を撫でるとエリアスはムッと唇を尖（とが）らせながらも目を閉じた。その様子が可愛くてたまらない。

やがてエリアスは寝息を立てはじめた。アランに見守られて、安心しきった顔をしている。

アランは飽きることなくずっと見つめていた。


何日かすると、エリアスは目に見えて顔色がよくなってきた。医師が処方してくれた薬が効いたのかもしれないし、アゼルが厨房(ちゅうぼう)に命じて作らせた滋養に富んだ食事のおかげかもしれない。エリアスは起きている時間が長くなり、お茶を飲みながらアランとおしゃべりもできるようになった。もっと調子がいいときは、窓辺で読書することもできた。

そうなってくると、アランはエリアスに手を出したくなってくる。そばでお茶を飲んでいればティーテーブルの上にあるエリアスの白い手を撫でたくなるし、肩を抱き寄せてくちづけたくなる。白い貝殻(かいがら)のような耳に愛を囁きたいし、ふわふわの赤銅色の髪に顔を埋めたくなる。

すこしずつ接触していくぶんには、エリアスは嫌がるそぶりを見せない。だからますます触れたくなり、アランはひとつの寝台で眠るのが苦痛になってきた。あきらかに発情期の周期が乱れている。不思議なことだ。これは本気の愛を知ったからにちがいない。

オーウェルとアゼルが仲睦(なかむつ)まじくしている様子を頻繁(ひんぱん)に目にするせいもあるだろう。あの二人が夫婦同然で暮らしていると気づくのに、そう時間はかからなかった。

あるとき、庭を散策しているオーウェルとアゼルを見かけた。気軽に声がかけられないような親密な雰囲気で寄り添い合う二人は、庭木の陰に入るとくちづけていた。

アゼルはうっとりと至福の表情で微笑み、オーウェルは愛情に満ちた手つきでアゼルの灰青色の髪を撫でる。意図的ではないにしろ覗き見のようになってしまったアランは動くことができず、困惑とともに立ち尽くしていた。第三者の気配を察したオーウェルがアランに気づき、目が合った。

フッと口角を上げて笑ったときのオーウェルは滴るような男の色気を纏い、独占欲を誇示するようにアゼルの細い腰をぐっと抱き寄せた。そして見せつけるようにアゼルにまたくちづける。今度は深く、あきらかに舌を絡めているとわかる感じで。

(そんなに牽制しなくても、甥っ子に手なんか出すわけないだろ)

苦笑いしてアランはその場を去った。

サルゼード王国の将軍と竜は、恋仲だったわけだ。そうではないかと思っていたが、はっきりした。おかげでアランは吹っ切れた。

(血の絆を結んだ人間と竜人は、あんなふうに愛し合ってもいいいんだな。そりゃそうだ)

血の絆は運命共同体のようなものだ。それほどに信頼して切れない契約をした相手を、愛さない者などいるだろうか。

しかし、やっと元気を取り戻してきたエリアスにがっつくわけにはいかない。真面目なエリアスのことだ、愛の言葉を交わした相手が求めたら頑張って応えようとしてくれるだろう。無理をさせたいわけではない。もうすこし体調を見た方がいい。

(問題は俺だ。いつまで耐えられる?)

とりあえず夜をどうやり過ごすか。いまさら寝台を別にしようなどとは言えない。絶対に傷つけるだろう。血の絆を結んでいるため、あまり感情的になるとそれが伝わってしまう。エリアスのそばにいながら平常心でいる難しさに、アランは音を上げそうになっていた。

(なにか、気を紛らわせることができることはないか……?)

一人暮らしだったときは、多少のもやもやは竜体になって空を好きなだけ飛び回れば解消できた。なんなら海辺の街まで行って何日か肉体労働に従事し、適度に体力を使えば、報酬はもらえるしよく眠れるしで一石二鳥だった。

オーウェル家にいると、そう勝手なこともできない。アゼルの迷惑になるようなことはできないからだ。ここを追い出されたら、せっかく体調がよくなってきたエリアスが、また悪くなりかねない。これが血の絆で束縛されるということなのだろうが、エリアスのそばにいられる権利を持ったのだから仕方がない。

(そうだ、もう笛が吹けるようになったんじゃないか?)

笛だ。エリアスにまた笛を吹いてもらおう。座っておしゃべりしたり読書したりできるなら、笛も吹けるのではないか。彼の笛はアランの癒やし。きっと荒ぶる欲望を鎮めてくれるにちがいない。

しかしエリアスの笛はコーツ王国の城に置いたままだ。オーウェル家に笛はないか、アランはアゼルに聞いてみることにした。

屋敷の中をアゼルの姿を探してうろうろした。客間のベルを鳴らせば使用人が来てくれるのがわかっていたが、エリアスとちがってアランはそういう生活に慣れていない。屋敷の探検も兼ねて歩き回った。

屋敷は広かった。いくつも部屋があり、大勢が集まれるようなとても広い部屋もある。長い廊下にはたくさんの肖像画が掛けられ、まるで生きているかのような見事な彫像もいたるところに飾られていた。

回廊から庭を見れば、庭師らしき男たちが熱心に手入れをしている。アランに気づくと会釈してくれた。この屋敷の客人として認識されているようだ。

探検のつもりで歩き回ったアランだが、結局、面倒くさくなって通りがかりの使用人にアゼルの居場所を聞いた。この時間なら彼専用の書斎にいると教えてくれる。ついでに案内してもらった。

精緻な彫刻が施された両開きの扉を叩くと、「はい」とアゼルの声が返ってくる。アランは扉を開け、中を覗きこんだ。正面に重厚な机があり、アゼルはそこでなにか書き物をしていた。

「アラン叔父さん、どうしたんですか、こんなところまで」

驚きながらもアゼルは歓待してくれた。アランをここまで案内してくれた使用人にお茶の用意を頼み、席を立つ。

「すまない、なにかしていたんだろう。邪魔をするつもりはなかった」

「いえ、いいんです。休憩しようと思っていたところなので。こちらへ」

部屋の隅に置かれたソファへと促され、アランは腰を下ろした。アゼルも斜(なな)めの位置にあるソファに座る。

アゼル専用という書斎は、窓が大きく、庭の花壇(かだん)がよく見えた。壁には書棚が取り付けられていて、何十冊も本が収納されている。竜人族の村にいたときから、アゼルは本が好きだった。さぞかし満ち足りた生活だろう。

使用人が淹れてくれたお茶を飲みながら、アランは「笛がほしい」と要望を伝えた。

「笛ですか？」

「エリアスは音楽の才能に秀(ひい)でていて、笛がすばらしく上手いんだ。ずいぶん元気になってきたから、そろそろ吹けると思う。この屋敷にないか？」

「ありますよ」

あっさりとアゼルが答えてくれた。

「ここにはいま僕とランディしか暮らしていませんが、以前はランディの弟家族がいっしょに住んでいたんです。とってもにぎやかでした。でも弟のロバートは定年を迎えて、隠居生活は地方の田舎で過ごすと言って夫婦で越してしまい、姪(めい)は結婚して家庭を持ち、ここを出て行きました。騎士になった甥はいま街道沿いの駐屯地(ちゅうとんち)に赴任(ふにん)していて、もう何年も会っていません。ですが、姪は王都内で暮らしているので、ときどき子供たちを連れて遊びに来てくれます」

アゼルは微笑みながらオーウェル家の事情を話してくれる。同居していたころ、とてもいい関係を築けていたようだ。

「その甥と姪が子供のころ、何種類かの楽器を習わせていたので、子供部屋にそのまま残っていると思います。たしか笛もありましたよ」

お茶を飲んだあと、アゼルに案内してもらって子供部屋へ行った。客間と似たような間取りの子供部屋は家具に白い布がかぶせてある。チェストの横に置かれていた大きな箱を開けると、中にはいくつかの楽器ケースが入っていた。さすが将軍の家だ。ケースだけでも立派だった。

「これはたぶん竪琴ですね。太鼓(たいこ)と……これは縦笛で、こっちが横笛かな。どちらがいいですか？」

とりあえず横笛を借りることにした。エリアスはほかの楽器も演奏できるのだろうか。こんど聞いてみよう。

「私もエリアス殿下の演奏を聴いてみたいです。残念ながら、私もランディも音楽の才能はまったくなく、いまこの屋敷は静かすぎるくらいです」

アゼルは心から期待したキラキラした目でそう言ってくれた。

「伝えておく。きっと喜んで演奏してくれると思う」

「アランは殿下の笛が好きなんですね」

「俺の癒しだ」

「殿下を、愛しているんですか」

咎めるでもなく茶化すでもなく、そっと静かに、確かめるような聞き方だった。アランはふふんと鼻で笑う。

「わかりきったことを聞くな」

「ですよね。自由気ままに一人で暮らしていたアラン叔父さんが、殿下のために秘境を出てここまで来たんですから、聞くまでもないことでした。殿下を大切にしてください」

「甥っ子なんかに言われるまでもないわ。アゼルは将軍に大切にしてもらっているようだな」

「それはそれは大切にしてもらっていますよ。僕もランディを大切にしているつもりです。僕のただ一人の旦那様ですからね」

「おまえたちの仲は、国公認なのか？」

「国民すべてが知っているかどうかはわかりませんが、僕とランディがそういう関係であることは、国王陛下もご存じです」

自信に満ちあふれたアゼルの笑顔を見れば、だれも二人の間に入りこめないのがわかる。なにがあっても二人で力を合わせて立ち向かっていくという気概(きがい)に溢れていた。

「ひとつ聞いてもいいか」

「なんですか?」

「おまえ、いま発情の周期はどうなっている?」

アゼルがとたんにしかめっ面(つら)になった。ほんのり頬を赤らめ、睨まれる。

「そんな下世話なことを聞いてどうするんですか」

「俺は真剣に聞いている。エリアスのそばにいると半年ごとの周期が乱れるようなんだ。それって普通のことなのか?」

アランが真面目に質問していることをわかってくれたのか、アゼルは恥ずかしそうに視線を伏せながらも教えてくれた。

「僕の場合が、人間とそういう関係になった竜人すべてに当てはまるかどうかは知りませんが、半年ごとの周期は存在します。ただ、それ以外のときでも愛する人に求められたらその気になります。僕から求めてしまうこともあります」

ではやはり、エリアスを愛したためにいつでも発情状態になってしまうのか。性的衝動が人間並みになるということだろうか。

「発情期はあるんだな?」

「僕に発情期がきたとき、ランディは休暇を取ってそばにいてくれます。仕事を休ませてしまうことに罪悪感はありますが……」

アゼルの頬がさらに真っ赤になった。そのときのことを思い出しているのかもしれない。

「なるほど、将軍が発情を宥めてくれるんだな」

「宥めるって……変な言い方をしないでください。まあ、そうなんですけど」

拗ねたように口を尖らせたアゼルは、「こんな話、二度としませんからね」と言い切った。

アゼルのために将軍としての仕事を休むオーウェル。そしてそれを許す国王。三十年間、それを続けてきたわけだ。周囲の者たちが見守り、二人は互いを思いやって、慈しんできたのだろう。自分たちもこんな関係に落ち着きたい、とアランは甥を羨ましく思った。

「じゃあ、この笛は借りていく」

「近いうちに聞かせてくださいね、とお願いしておいてくださいよ」

「わかってる」

急いでエリアスのところへ戻り、横笛を見せるととても喜んでくれた。

「すごい……きれいな笛です。とても名のある職人の手によるものかもしれません。さすがオーウェル家が所有する笛ですね」

「ほかにもいろいろな楽器があったぞ。エリアスは笛以外になにができるんだ？」

「母が竪琴奏者だったので、手解きを受けました」

「そうか。こんど借りてこよう」

読みかけの本をテーブルに置き、エリアスはさっそく笛を構えた。透明感がある一音が響いたあと、滑らかな美しい旋律が奏でられる。アランはエリアスの目の前の床に座りこみ、陶然と目を閉じた。

（ああ、エリアスの音だ……しかも俺が好きだと言った曲……）

笛が吹けるほどに回復したことが嬉しい。よこしまな欲望を抱いたことが馬鹿馬鹿しいと思えてくる。幸福を嚙みしめながら、アランは笛の音に耳を傾けた。

「コーツ王国から報告があった」

オーウェル将軍に呼ばれて居間に行くと、開口一番にそう言われた。

将軍の横にはアゼルがいて、アランとともに席につく。

「まず、君たちがもっとも知りたかったことだが——エリアス殿下の母君、サリー殿は無事であることが確認できた」

「本当ですか」

はっきりと頷いてくれたオーウェルに、エリアスはホッとする。

「第四王子ルーファス殿下が所有する離宮に避難し、健康でいるようだ」

ルーファスはエリアスとの約束を守ってくれたのだ。

「コーツ王国の王都コベットの様子については、あまり芳しくないらしい。城は半壊し、その機能を失った。国王グラディスは倒壊を免れた一角で寝起きしているそうだ。いまだに茫然自失の状態で国政に興味を示さず、宰相とルーファス殿下がすべてを取り仕切っている」

「兄上が？」

長兄のサミュエルが王太子だ。父王が塞ぎ込んでいるのなら、代行すべきは王太子なのだが。

「王太子のサミュエル殿下は、事件後すぐに妻子を連れてコベットを出ている。妻の実家に避難したようだな。王太子家族の部屋があったあたりは、損傷が酷かったらしい」

「そんな……」

なんて無責任な。もともと頼り甲斐があるとは言い難い長兄ではあったが、まさかこの非常事態に逃げ出すなんて——。サミュエルはもう五十二歳になる、いい年の大人だ。孫までいる。長年、父王の横で国政のやり方を見ていたはずなので、王の代行などできない、などという言い訳は通用しない。

「おそらく、竜がまた襲撃に来ると思い、王やほかの王族、王都の民たちを見捨てて、自分の家族だけを連れて逃げたのだろう。竜の力に対する怯えをずっと口にしていたらしい」

他国の将軍にそんな事実を告げられて、エリアスは羞恥を感じた。

「ルーファス殿下は、どういった人物なのか教えてくれるか？　今後、コーツ王国の代表として政の前面に出てくる人物ならば、我々はその人となりを知っておかなければならない」

「兄のルーファスは非常に勉強熱心で多方面に渡って博識で、私の学業の師でもありました。幼少期に罹った病の後遺症で右足を悪くしています。そのため父からはあまり目をかけられずに育ったと聞きました。私の国では、王族の男子は騎士になり国軍の中心的存在となり国を守るという伝統があるので」

だから自分も放置気味だったのだ、とエリアスは苦笑いの中に言外の意味を滲ませる。

「私も騎士にはなれなかったので、兄は不憫に思い可愛がってくれていました。私から見た兄は常識人です。父が竜に拘っているのを苦々しく思っていました。私が竜狩りを命じられたときは、いっしょに嘆いてくれましたし、命令を無視して逃げてもいいとまで言ってくれました」

「ほう、エリアス殿下はずいぶんとルーファス殿下に愛されていたのだな」

「兄には感謝しています。兄のおかげで、私は城の中で完全に孤立せずにすみました」

「エリアス殿下が竜のアランに連れ去られたあと、秘境の際まで兵を派遣させたのはルーファス殿下だ。王城が半壊し、軍は後片付けの人手として借り出されたために、小規模でしか編成できなかったらしいが、なるほど、そういう関係だったのなら無理をしてでも兵を派遣して、エリアス殿下の安否を確認したかったのだろう。結局、装備が足らずに長逗留はできず、早々と引き上げたそうだが」

「兄上……」

ルーファスがどれほど心配してくれているか、想像するだけで胸が痛い。アランを逃がすときに流れ矢がエリアスに当たったと聞き、どれだけ驚愕しただろう。なんとかしてルーファスと母に、自分が無事でいることを知らせたい。その気持ちを察したのか、オーウェルが「手紙を届けることならできるが」と提案してくれた。

「エリアス殿下の筆跡をルーファス殿下がよく知っているのなら、偽物(にせもの)だとは思われないだろう」

「お願いできますか」

オーウェルがはっきりと頷いてくれた。部屋に戻ったらさっそく手紙を書こうと決める。

「将軍、兄ルーファスはいつか国のためになると強い信念を持って、政に関する学びを進めていました。じつはすでに国政に関わっています。陰ながら助言を与えて国を支えていました。父王と王太子がいないいま、おそらくルーファスがもっともふさわしい施政者(しせいしゃ)だと思います」

エリアスは自信を持って言い切った。長年に渡って、二国は不仲だった。原因の大半はコーツ王国にあった。これからはルーファスが先頭に立ち、関係を改善していってほしいと願わずにはいられない。

「なるほど。殿下の意見はわかった。陛下にはそのまま伝えよう」

オーウェルはエリアスの気持ちごと受け止めてくれたようだ。

「それはそうと、殿下は笛の演奏が非常に上手い。我々も客間から漏れてくる音を堪能(たんのう)させてもらっている。こんど、目の前で聞かせてもらえないだろうか」

オーウェルがアゼルと目を合わせながらにこやかに求めてきて、エリアスは食い気味に「いつでも、喜んで」と返事をした。体調が戻るにつれて、世話になるばかりでなにも返すことができないと、気に病むようになっていたのだ。

「いつでも演奏します。時間に余裕があるときに声をかけてください」

「エリアスの笛は本当にいいから、俺もみんなに聞いてほしい」

アランがそう言ってくれて嬉しかった。

部屋に戻ったエリアスは、ルーファスに宛てた手紙を書きはじめた。無事であること、アランと血の絆を結んだこと、いまはサルゼード王国のオーウェル将軍の屋敷で世話になっていること。書くことがたくさんありすぎる。できるだけ簡潔にまとめたが、それでも便箋に何枚も書くことになってしまった。

書き上げたものはアランがオーウェルに渡してくれた。

そのあとは、いつアゼルたちに呼ばれてもいいように練習しておこうと、笛を取り出した。

エリアスが笛を吹くときアランは長椅子に寝そべって聴く。枕代わりにいくつかクッションを置き、アランは自分の居心地がいいようにしていた。

「エリアスの母親が無事でよかった。俺が暴れたせいでケガでもさせていたら――最悪、命を落としていたらと思って、気が気じゃなかった。本当によかったよ」

深々とため息をつき、アランは長椅子に横たわる。足が盛大にはみ出しているのは、いつものことだ。

アランが城を半壊させたことについて、エリアスはなにも言わないことにしている。あの直前に、アランは愛の言葉を捧げてくれた。その直後に、目の前でエリアスの胴を矢が貫いたのだ。どれほどの衝撃だっただろう。エリアスには想像することしかできない。

アランが暴れたせいで何人の死傷者が出たのか、具体的な数字を知りたいとは思わない。だからオーウェルに聞かなかった。聞けばきっと教えてくれただろうが、必要ない。

「アラン、なにを吹きましょうか？」

「そうだな、もう夏も終わりの頃だが、『春の微睡み』ってやつがいい。あの優しい感じが、おまえの音色にぴったりだから」

「わかりました」

エリアスが出す音を、アランは優しいと感じてくれているのか。じんわりと胸があたたかくなってくる。エリアスは心をこめて一音目を鳴らした。

それから何日かした、ある日。

「あれ？」

エリアスは寝起きに、鏡の前で髪をブラシで梳かしていて気づいた。首の付け根、鎖骨のへこみのすこし上が、ぽつんと赤くなっている。虫刺されにしては、触れてみても、痛くも痒くもない。なんだろう。

「エリアス、朝食が届いたぞ」

とうに起きて早朝の庭の散歩を終えたアランが、寝室に顔を出して声をかけてきた。

「アラン、ちょっとこっちに来て見てもらえませんか」

「どうした?」

「これ、なんだと思います?」

エリアスが寝衣の襟を広げて赤い跡を見せると、アランが奇妙な顔をした。

「虫に刺されたようではないのですが……」

「あー……うん、だろうな……。放っておいて大丈夫だろう。そのうち消える」

「これが何なのか、アランは知っているということですか」

「……知ってる。だから大丈夫だって」

さっと背中を向けて、アランは寝室を出て行ってしまった。なんだかしつこく追及してはいけないような雰囲気だったので、それ以上は聞かなかった。

何日かすると、アランが言ったように消えた。けれど、今度は反対側の鎖骨の上に赤いものが——よく見ると鬱血のような——浮かび上がっているのを見つけた。アランに「また出ました」と報告したら、「そうか」としか言わなかった。

そんな毎日を送っていたら、オーウェルとアゼルから声がかかった。演奏会ほど大袈裟ではないけれど、二人の前で何曲か披露することになった。エリアスは用意してもらった衣装の中から、できるだけかしこまった意匠のものを選び、身につけた。アランが衣装部屋から薄いシルクのスカーフを探してきて、エリアスの首にふわりと巻いてくれる。

「どうだ？　ああ、よく似合う」

アランに褒められて、なんとか笑顔を作る。緊張していた。

「大丈夫、いつも通りにやればいいんだから」

励ましてもらって、エリアスは深呼吸した。演奏する場所が音楽鑑賞用に造られた音楽室だと聞いて困惑している。そもそも母とルーファス以外の人の前で笛を吹いたのは、アランがはじめてだったのだ。

ドキドキしながら音楽室に行った。オーウェルとアゼルはすでに椅子に座って、待っていてくれていた。アランもその後ろの椅子に腰を下ろす。

エリアスは礼をして、強張りがちの指に「絶対にいつも通りに動いてくれよ」と念を送りながら、吹きはじめた。一曲目の小曲を終えた頃には、もう吹っ切れていた。

はじめての経験を楽しもうと決め、アランが無言で身振り手振りで励ましてくれているのに微笑みつつ、二曲目に入る。全部で十曲を演奏し、エリアスは初の演奏会を終えた。

「素晴らしい。見事な演奏技術だった。情感もたっぷりとこめられていたし、ぜひまた聴かせてもらいたい」

「すごいです、エリアス殿下。感動しました」

オーウェルとアゼルにたくさん拍手をもらい、エリアスはホッとする。気に入ってもらえたようで、よかった。安堵したら全身に汗をかいていることに気づいた。首に巻いていたスカーフを取り、手団扇(てうちわ)で襟元に風を送る。席を立ってエリアスに飲み物を持ってきてくれたアゼルが、なにか物言いたげに顔を覗きこんできた。

「殿下……」

「はい、なんでしょう」

「まだ病み上がりの時期なんですから、無茶をさせないようにね」

させないように、とは「だれになにをさせないでおけ」と言っているのだろうか。言い間違いかもしれない。笛の練習をし過ぎないように、と忠告してくれていると受け取った。

「心配してくださってありがとうございます。けれど加減をしながら実施しているので、大丈夫です」

「それなら、いいんですけど……」

アゼルがちらりとアランを見遣る。彼はオーウェルと談笑していた。

元気になってきたとはいえ、さすがに十曲も立て続けに笛を吹いたので疲れを覚え、エリアスはお茶の誘いを断って自室に引き上げることにした。アランが付き添ってくれ、部屋に戻る。

「首に巻いたスカーフ、外したのか」

「暑くなってしまったので」

「そうか」

エリアスが差し出したスカーフを受け取り、アランはひらひらと日に透かしてみたりした。

「夕食の時間までまだすこしある。横になったらどうだ？」

アランにそう薦められ、エリアスは寝衣に着替えて寝台に横たわった。窓のカーテンは半分だけ引かれ、薄暗くなる。アランが寝台の横まで椅子を持ってきて、そこに座った。エリアスが手を出すと、なにも言わなくとも握ってくれる。

安心できるぬくもりを感じながら、エリアスは満ち足りた気分で目を閉じた。

目覚めたら、今度は耳の下あたりに赤い鬱血ができていたけれど。


エリアスはアゼルに会うために屋敷の中を歩いていた。

闇雲に探しても見つからないと思う、というアランの忠告を受け、すれ違った使用人に所在を尋ねた。するとこの時間は東側の庭に造られた温室にいると教えてもらった。

敷地内に温室があるとは知らなかった。それぞれの居室や廊下に飾られた花は、すべて敷地内で栽培（さいばい）したものだという。冬でも花が飾れるように温室が造られたそうだ。

エリアスは温室にたどり着くと、その見事さに啞然とした。もうすぐ秋だというのに、春や真夏の花がたくさん咲いている。その中で、アゼルは庭師らしい使用人の男と立ち話をしていた。

「おや、エリアス殿下。こんなところまで、どうしました？」

「アゼルさんを探していました。ちょっとお願いしたいことがありまして」

「なんでしょう？」

アゼルは使用人の男に「またあとで」と声をかけてから、エリアスに向き直ってくれた。

「お忙しいところを邪魔してしまったみたいですね。ごめんなさい」

「気にしないでください。冬以降の打ち合わせをしていただけです。急ぎの話ではありませんから。それで、お願いとはなんですか」

「あの、この屋敷に楽器がいくつもあるということは、楽譜(がくふ)もあるのではないですか？」

尋ねると、少し考えてアゼルが「たしか、ランディの書斎にありました」と答えてくれる。

「暗譜している曲目が少ないので、もっと増やしたいです。アゼルさんがお暇なときでいいので、見せてもらえませんか？」

「いまから行きましょうか。ランディの書斎はこっちです」

アゼルのあとをついていくと、まだ立ち入ったことがないあたりへと誘導された。

「ここです」

ひときわ重厚な造りの両開きの扉の前で、アゼルは立ち止まった。

屋敷の主であり、この国の軍の最高責任者でもある将軍の書斎に、アゼルは躊躇うことなく足を踏み入れる。おそらくアゼルは、オーウェルから自由に出入りしていいという許可をもらっているのだろう。

エリアスはおっかなびっくり、中に入った。王子という身分でありながら、エリアスは城で冷遇されていた。勝手に入ってはいけないと立ち入りを禁止されていた場所は多く、父王の執務室も書斎も私的な居室も、エリアスは許可がなければ入れなかった。

アゼルは堂々と、造りつけの書棚に組みこまれた引き出しを開ける。

「んー、ここじゃないな、ここでもない。こっちかな？　あった！」

アゼルは大胆にも引き出しをそのまま外してしまい、分厚い絨毯（じゅうたん）が敷かれた床に置いた。

どうやらその引き出しの中身はすべて楽譜のようだ。エリアスは床に座りこんで引き出しの中を覗きこむ。知っている曲も知らない曲もあった。保存状態はとてもよく、音符がはっきり読める。

「どう？　使えそうなものはありますか？」

「全部使えます。すごい……。全部演奏してみたいです」

「おや、それは楽しみです」

アゼルに笑われたが、エリアスは胸が躍った。とりあえずいくつか選んで、借りることにする。音符を見ているだけで、頭の中に曲が鳴る。すぐにでも笛を吹きたくなった。

「そういえば、ルーファス殿下とこの国と、書簡のやり取りがはじまったそうですよ」

「それはよかったです」

「サルゼード王国としては、悪名高きグラディス王が退位して、ルーファス殿下が代わりに立つならば、国交を回復させる意向だそうです」

「……自由に行き来できるようになれば、いいですね」

「お母様が心配ですか」

「私が無事であることは手紙で伝えましたし、兄上の管理下にある離宮にいるのなら心配ありません。たぶん変わりなく過ごしてくれていることでしょう。でも一目、姿を見せることができれば、と思います」

「ルーファス殿下のこと、心から信頼しているんですね」

「私のことを不憫に思ってくれていて、とても可愛がってくれました」

「エリアス殿下はおいくつですか」

「私は十八です」

「お若いですね」

「はい。二年も前に成人しましたけど、ここのところ色々とあって、あらゆる方面で経験不足を実感しています」

ふふふ、とアゼルが包みこむような笑顔を向けてくれる。ふとエリアスは目の前にいるこの麗人はいったい何歳なんだろう、と疑問に思った。外見は三十歳くらいにしか見えないが、三十年前にオーウェルと血の絆を結び、ここに住んでいるはずだ。

「アゼルさんは何歳なんですか？」

「私ですか。五十歳になりました」

えっ、と固まる。単純な足し算をすればそのくらいの年齢になるのだが、まさか、という思いがあった。アゼルはとても五十歳には見えない。もしかして竜人族はいつまでも外見が若いのだろうか。

重大なことに気づいた。ではアランは何歳なのか。知り合ってからいままで、彼の年齢を気にしたことがなかった。城では子供の頃から自分よりもはるかに年上の大人たちに囲まれていたせいで、その環境に慣れてしまっていたのもあるだろう。

アランはアゼルの叔父だ。当然、アゼルよりも年上にちがいない。

「あの、アゼルさん、聞いてもいいですか」

「なんです？」

「アランって、何歳なんですか？」

「知らないんですか？」

「そういう話を一度もしたことがありませんでした」

えーと、とアゼルは片手を頬にあてて、視線を上に向ける。

「僕の父の弟で、父とは二十歳ほど離れていると聞いたことがあるから……アラン叔父さんは、たぶん百歳くらいだと思います」

「ひゃ……く……？」

あまりの衝撃にエリアスは手にしていた楽譜をばらばらと落としてしまった。とんでもない年の差に愕然とする。

アゼルが楽譜を拾い集めて、顔を覗きこんできた。

「殿下、あのですね、僕たち竜人族の寿命は二百年あります。それを考えると、百歳はまだ半分で、アゼル叔父さんは人間でいうと……そうですね、三十五から四十歳くらい？」

「……そう……なんですね……」

竜人族が人間の三倍近くも生きるなんて知らなかった。アランはいま百歳。あと百年も生きる。エリアスは長くとも、今後五十年から六十年で寿命を迎えるだろう。種族が違うということは、こういうことなのか。

「ちょっと、座って落ち着きましょうか」

棒立ちで動けなくなっているエリアスを、アゼルは手を引いてソファに座らせてくれた。

「なにも聞いていなかったのなら、びっくりしたでしょうね」

「……はい……」

「驚きついでに、僕たち竜人族がなぜ人間と決別して秘境に移り住んだのか、昔話をしてしまいましょうか」

アゼルの穏やかな水色の瞳の奥に、強い情念が垣間見えたような気がした。

かつて人間と竜が共存していたことは知っている。歴史の教師に習った。アゼルが三十年前に現れるまで、竜の存在は半ば伝説と化していたそうだ。けれど、竜は存在していた。人間社会を厭うようになって、離れた場所で静かに隠れるようにして生き延びていた。

なぜ人間社会を厭うようになったのか。歴史の教師は、人間が竜に酷い行いをして逃げていったのだと話した。エリアスは父王の態度を見て、竜が逃げるのも当然だと納得していた。もっと別の理由があったのだろうか。あるのなら、知りたい。エリアスはアランと血の絆を結んでしまった。アランはもう他人ではない。アランの種族について重要なことなら、聞いておきたかった。

「アゼルさん、話してください」

エリアスは姿勢を正してアゼルに向き合った。エリアスの覚悟を感じたのか、アゼルが微笑んで「五百年以上も前のことです」と語りはじめる。

「竜人族と人間は共存していました。竜人族は人間を信用し、人間も竜人族を信用し、さらに心を許しあえる者同士は血の絆という魂の契約を交わしました。竜人族は人間の要求に応えて労働し、ときには子守りをしたりして感謝され、愛情を向けてもらい、その生活は満ち足りたものだったでしょう」

　いまでは想像できない夢のような世界だ。いたるところに竜人族がいて、人間と共に暮らしていたなんて。

「けれど……長年にわたって僕たち竜人族を悩ませてきた大きな問題がありました。寿命の差です」

　そうだ。寿命に差がありすぎる。どう頑張っても人間は竜人族よりも先に死ぬ。

「心から信用して血の絆を結び、場合によっては愛し合ってもいた人間が死んだとき、竜人はどうなると思いますか？」

「えっ……どう、なるのでしょうか」

　家族を失うようなものだ。激しい喪失感に見舞われ、幾日も嘆き悲しんで暮らし、何年も立ち直れなくなりそうだが——。

「殿下が大ケガをしたとき、アラン叔父さんはあなたが死んだと思いました。そのあと、彼はどうしました？」

「あ……」

　アランは怒りに我を失って城を半壊させた。血の絆の相手が死ぬと、竜人はみんなアランのようになってしまうのか？

「まさか」

「そのまさかです。竜人は愛する者を亡くしたとき、絶望のあまり感情が爆発して気が狂ったようになり、手がつけられないほどに暴れてしまうのです。そうなってしまった竜人を、人間は制御することができません」

「では、どうするのですか。放ってはおけませんよね。人間の街が破壊されてしまいます」

「狂った竜人を殺すのは、おなじ竜人の役目だったそうです」

とんでもなく残酷な対処法を聞き、エリアスは息を飲んだ。

「なにも殺さなくとも……」

「放っておけば人間たちに危害が及びます。それにもうひとつ、その竜人を悲しみから解放して楽にしてあげるという意味もありました」

楽にする――。そうだ、狂うほどの絶望に襲われたとき、死んだ方が楽になることもあるのだ。エリアスはまだそこまでの絶望を経験したことがない。だがアランは、あのときその状態になった。狂いかけた。

それを救ったのは、たぶんエリアスだ。瀕死の重傷を負っていたが、まだ生きていた。だからアランは暴れるのをやめて、エリアスを連れて王都から飛び立った。

「私たちの祖先の竜人族は、悲しみのあまり狂ってしまった同胞を殺すのは、当然辛かった。そんなことを何代も続けてきて、あるとき、限界に達しました。竜人族は人間と決別することを選択したんです。人間と暮らし、その幸せを享受することよりも、同胞を殺す苦痛が勝る日が来た。それが五百年ほど前のことです。竜人族は人間が到達することができない秘境に移り住み、ひっそりと隠れるようにして生きていくことにしました。やがて人間たちは、竜のことを忘れました。僕が三十年前に秘境から出てくるまで、竜は幻のいきもの、伝説のいきものとしてしか語られることはなかったとランディから聞いています」

竜人族と人間のあいだに、そんな過去があったなんて。エリアスははじめて知った。

では、アランはエリアスが死んだとき、狂ってしまうのか。そのアランを殺すのは、もしかしてアゼルの役目なのか。

酷い場面を想像してしまい、エリアスは頭から血の気が引いた。

柔らかな笑みを浮かべ、こちらを見つめている麗人。この嫋(たお)やかな人が竜体になったのを一度だけ見た。時々、訓練の一環として竜体になり、飛ぶようにしているらしい。灰青色の鱗がキラキラと輝く美しい竜だった。アランよりもずっと小柄で、そのおかげか背中にオーウェルを跨(また)がらせて飛ぶことができていた。

我を失って力任せに暴れ回るアランを、このアゼルが御(ぎょ)せるとは思えない。返り討(う)ちにあってしまうのではないだろうか。もしそうなったらオーウェルはどうなる。

「……私とアランは、出会わない方がよかったのでしょうか……」

竜人族と人間の過去を知っていたら、エリアスは二度目の竜狩りには行かなかっただろう。アランと仲良くなっても辛い未来しか待っていないと知っていたら——。

「エリアス殿下、それはちがいます」

真顔になったアゼルが、きっぱりと否定してきた。

「僕もじつはランディと血の絆を結んだときは、竜人族と人間の歴史を知りませんでした。僕たちの村では、二度と悲劇を繰り返さないために、子供たちへ『人間は恐ろしい存在だから近づくな』という教育をしていたからです。近づいて捕まったら鱗を剝がれ、目玉をくり抜かれ、肉を喰われる。骨は焼いてすり潰して畑の肥料にされる。そんなふうに子供たちに嘘を教えて、秘境から出ないように管理していました」

それほどまでに、竜人族はもう人間とは関わりあいたくなかったのか。それほどまでに、狂った同胞を殺すのは辛かったのか……。当然だろう。エリアスとて、兄弟姉妹、甥や姪を殺さなければならなくなったらどうする。権力争いが激化した他国の王族の中で、そういうことが頻繁に起こるところがあると聞く。たくさんいすぎてあまり親しくないとしても、できればそんなことはしたくないというのが普通だ。

狂ってしまった竜人を絶望から解放させてやるため、殺す。どれほど身内や友人たちは辛かっただろうか。何世代にもわたってそんなことを繰り返していたら、人間から離れたくなるのも仕方がない。

「僕が村を出たのは、たまたまだったんです。ランディと出会えたのは偶然でした。交流を持つうちに僕はランディを愛してしまい、離れがたくなりました。そして血の絆を結んだんです。

そのあとで、寿命の差の問題を知りました」

アゼルは書斎の端に置かれた、どっしりとした大きな黒い机を見遣る。オーウェル家の当主が代々受け継いできた机だろう。アゼルはまるでそこにオーウェルがいるように目を細めた。

ふと、エリアスはアゼルがさらりと自然に口にした「ランディを愛してしまい」という部分にひっかかる。同時に、エリアスがこの屋敷では女主人（ホステス）のように振る舞い、使用人からもそう扱われているようにしか見えないことを思い出した。

「あの……不躾（ぶしつけ）な質問かもしれないのですが……アゼルさんとオーウェル将軍の関係は、血の絆を結んだ者同士、というだけではないのでしょうか。はじめてお会いしたときから、とても、その……親密感があるお二人だと感じていましたけれど」

アゼルは小首を傾げて、「もうわかっているものだと思っていました」と今更感がある質問だと苦笑した。

「僕とランディは夫婦として暮らしています。陛下にも認めてもらっています」

やはり、とエリアスは頷く。

「出会ったとき、ランディが独身だったのは幸運でした。僕の方から迫って落としたようなものです。ほとんど一目惚（ひとめぼ）れだったんです。僕は……微塵（みじん）も後悔していません。竜人族と人間の寿命差が引き起こす悲劇を知ったあとでも、ランディとともに生きていきたいという気持ちは変わりませんでした。何十年後かに訪れる死別の悲しみを恐れていま道を違（たが）えるよりも、それまでの何十年間かを、ともに歩んでいきたいと思ったからです」

その繊細な美貌から儚さすら感じるアゼルだが、身の内に秘めた情熱の炎は激しく、確固たる信念があるようだ。凛と背筋を伸ばしてオーウェルへの揺るがない想いを口にするアゼルは、いつもとはちがった輝きを放っている。

それでもエリアスはアゼルの今後が心配になる。いまオーウェルは六十代半ばになっているはずだ。いくら外見が若くとも、精一杯長生きしたとしても、あと十年から二十年――運が悪ければ五年ほどで別れが来るのではないだろうか。エリアスとアランの別れよりも、それはきっと早い。

「あの、アゼルさんは、将軍亡きあとのことは考えていますか。どんな心構えをしているのですか。こんなことを尋ねるのは申し訳ないですけど……」

「エリアス殿下は、アラン以外の竜人族に会いましたか」

質問に質問で返されて、エリアスははぐらかされたのかと残念に感じながらも「会っていません」と正直に答えた。

「アランは竜になると鱗の色は黒ですよね。僕は白っぽい色です。もともと竜人族は茶褐色や黒褐色、濃緑色の鱗を持って生まれてきます。アランほどの漆黒も珍しいのですけど、僕のような色はもっと珍しい。自然界では目立ちすぎるからです」

そう言われてみればそうだ。アゼルが秘境にいる場面を想像すると、アランよりもずっと見つけやすいはず。

「僕のような竜は、おそらく突然変異で何百年に一人か、何千人に一人か、とても低い確率でごくたまに生まれてくる。僕はどうしてこんな色に生まれたのか、仲間とおなじような色がよかったと、ランディに出会うまでは厭わしくてたまりませんでした。色のせいで、僕は竜人族の村では虐げられていましたから」

こんなにきれいな人に優しくしない村があるのか、と驚いた。しかしアランのような男が竜人族の普通なら、たしかにアゼルはちがう。

「僕は、僕が生まれた意味を、ランディの中に見つけました」

「愛したからですか」

「それもありますけど、どうやら僕は愛する人の寿命を伸ばすことができるみたいなんです」

にわかには信じられない話だ。オーウェルの外見の若さのせいで、そう思いこんでいるだけなのではないだろうか。

そんな不信感が表情に出てしまったらしく、アゼルに笑われた。

「僕だってそうだという確信があるわけではないですよ。でも何百年も前に書かれた、竜人と愛し合った騎士の日記が発見されたんです。騎士は不思議なことに年を取るのがゆっくりになり、その竜人とほぼ同時に亡くなったとありました。騎士はおそらく二百歳近くまで生きています。相手の竜人は、竜体になったとき鱗が白かったそうです」

まさか、そんな話――。しかしアゼルが竜人族の中では稀な個体であることは本当のようだ。そうした竜人には、愛した人間の寿命を長らえさせる力があるというのか。だからオーウェルはあんなにも若々しいのか。

もしそれが事実なら、羨ましくてならない。アランはたぶんそんなに特別な竜人ではないだろう。エリアスにとっては唯一無二の存在だけれど。

アランのためにエリアスとて長生きしたい。狂うほどの悲しみなど与えたくない。

「アゼルさんの愛情が将軍の体に作用するということですか？　そばにいて、愛を囁くとその効果があるとか？　もしアゼルさんの身近にいるだけで長生きの恩恵に預かれるのならば、私もぜひ――」

「それはできません」

「なぜですか」

「きっと叔父が許しませんし、僕自身、ランディ以外の人とそうした行為をする気はないからです」

「行為……？」

「性交です」

耳から入った言葉が脳に達して意味を理解するまで、多少の時間を要した。

性交――。つまり、夜の営みということか。

エリアスはじわりと額に汗をかき、頬を熱くした。もうアゼルの顔をまともに見られない。

「騎士が遺した日記には、特別な体質で生まれた竜人の体液に、相手の人間の体質を変える力があるのでは……という推測が書かれています。しかし、あくまでもそれは推測ですし、その日記自体、事実が書かれているのかどうかすら定かではありません。でも僕とランディは賭けてみることにしました。三十年前からずっと、おなじ寝室で休んでいます。もちろん寝台はひとつだけです」

アゼルが当然のことのように、さらりとそんなことを言う。

あの逞しい体軀の将軍とこの麗人は、毎夜……ではないにしろ、きっと頻繁に性交して愛を確かめ合っているのだ。そして同時期に死ねる日を夢見ている。

「殿下と叔父も、そういう仲でしょう?」

「えっ、それは……そんなことはなくて……」

「隠さなくてもいいですよ。殿下にデレデレしている叔父を見て、すぐに察しました。殿下も叔父をとても信頼してくれているようですし、とてもお似合いだと思います」

「お似合い……」

嬉しい言葉をもらえて、エリアスはちょっと嬉しい。

「あの、でも、本当に私たちは――」

「客間の寝台をひとつしか使っていないことは、使用人たちから聞いていています」

「あの、アゼルさん、たしかに私たちはおなじ寝台で眠っています。でもその、それ以上のことはまだしていなくて……」

もっと言い様があっただろうに、エリアスは慌てるあまり、あからさまな言葉を選んでしまった。アゼルはきょとんと目を丸くしたあと、何度か瞬きをした。

「ああ……そうだったんですか……。では頻繁につけられている首の赤い跡は？　あれはなんですか？」

「えっ……？」

「僕はてっきり、叔父が吸った跡だと思っていました。だから確信していたというか、疑っていなかったというか」

首の赤い跡？　痛くも痒くもなくて、なにが原因かわからなかった、あれ？

アランに聞いても「大丈夫だろ」としか言わなくて。

もしあれが、アランが吸った跡だとしたら、エリアスは夜中のうちに知らぬ間に首を吸われまくっていたことになる。

「うそ……」

カーッと顔に血が集まった。ぜんぜん気づいていなかった。肌を吸った跡があんなふうになること自体、知らなかった。

「叔父はとても情熱的な愛し方をするみたいだなと、僕は勝手に思っていました」

だから最初に赤い跡を見つけたとき、アゼルはエリアスに「病み上がりだから無茶させすぎないように」と気遣ってくれたのか。

「たぶん叔父は、死にそうな目にあった殿下の体調を考慮して我慢しているんですよ。眠っているあいだにこっそり首を吸って、猛る自分を慰めているんじゃないでしょうか」

アゼルがちょっと意地悪そうな笑みを浮かべて言う。

「アランは、我慢しているのですか」

「しているでしょう。だって殿下はこんなに可愛らしいんですよ」

「アゼルさん、教えてください。アランにどう伝えたらいいのでしょう。さすがに、はっきり言うのはどうかと思うのですが……」

「殿下には笛があるじゃないですか。そういう心情をこめて笛を吹いたらどうですか？」

それは思いつかなかった。

「心をこめて演奏すれば、きっとアランに伝わりますよ」

「そうでしょうか」

「そうです」

「伝わったとしても、私はその、閨の作法などまるで知らなくて……」

「そんなこと叔父に任せてしまえばいいんです。あの人は昔から人間の街に出入りしていますから、きっといろいろと経験しているでしょう」

それはそれで、すこしいやだ。百年も生きていれば経験値が高くなるのは当然だろうが、具体的に想像するとてもモヤモヤとしていやな気分になる。

「僕から助言するとしたら、『不快なことをされたら我慢しなくていい』ということくらいです」

「不快なこと……」

彼になにをされたら不快だろうか。性交そのものが想像できないから、不快なことも思いつかない。アゼルはエリアスの肩を叩き、「応援しています」と励ましてくれた。

◇

あたらしい楽譜をたくさん借りてきたらしく、エリアスは午後いっぱいを笛の練習にあてていた。十曲ていどでへとへとに疲れていたころを思うと、笛を吹き続けることができるほど回復したのは喜ばしいが、だからといっていきなり根を詰めすぎるのもどうかと思う。

ほどほどのところで止めてはどうか、と声をかけるべきかアランは悩んだ。

(とりあえず、あと一刻くらいしたらお茶を用意してもらえるように頼んでこようかな)

アランはエリアスの練習の邪魔をしないようにそっと客間を出た。ベルを使って使用人を呼ぶとエリアスの集中を途切れさせてしまう。廊下を歩いている使用人を捕まえてお茶の用意をお願いする。

ほどなくして使用人がお茶を運んできてくれた。エリアスに声をかけ、休憩を取らせる。

白い茶器を口に運びながら、エリアスはいつになく思い詰めたような表情をしていた。

「アラン、夕食のあと、私の笛を聴いてもらえますか？」

「あらたまってどうした？　いつも聴いているだろう」

「今夜はどうしても、きちんと向かい合って聴いてもらいたいのです」

「もちろん、いいさ。楽しみにしている」

アランの返事に、エリアスがホッとしたような笑顔を見せる。そしてふんわりと頬を赤らめた。いつもとすこし様子が違うように感じて、アランは首を傾げた。

休憩したあと、エリアスは昼寝をした。

夕方には起き出して日課になっている庭の散策をし、夕食の時間になる。エリアスはしっかりと食事を取り、食後にほんのすこし果実酒を飲んだあと、約束通りに笛を吹いてくれた。

はじめて聴く曲だった。静かにはじまった曲は、しだいに熱を帯びた旋律になり、やがて迸(ほとばし)る感情をぶつけてくるようなものになっていく。演奏しながら時折アランに視線を送るエリアスの鳶色の瞳は、濡れたように輝いていた。

笛の音に乗せたエリアスの熱い想いが伝わってくる。これでもかと、耳と目、そして皮膚(ひふ)から感じ取れた。

（ああ、エリアス……おまえは……）

わざわざ「今夜聞いてほしい」とエリアスが言った意味がわかった。旋律に乗せて、伝えたかったのだろう。いまの気持ちを。

最後の一音を吹き終わり、エリアスが笛を下ろす。視線を絡めたまま、アランはゆっくりと立ち上がった。無言でエリアスの手から笛を取り、ケースにしまう。エリアスの手を引いて、そっと抱き寄せた。

エリアスが震える唇を開いた。なにか言おうとしたようだが、目を潤ませただけで、寝室へと促すアランに黙ってついてきた。

アランに手を引かれて寝室に入ったエリアスは、口から心臓が飛び出てしまいそうなほど緊張していた。

想いをこめて演奏すれば伝わる、というアゼルの助言に背中を押されて、挑戦してみた。

アランに訴えかけるように、あなたが欲しい、あなたにもっと近づきたいと思いながら、激しい愛を表現した曲に挑んだ。生まれたままの姿で抱き合えたらどんなに幸せだろう、とも想像した。

アランは最初すこし驚いたような表情をしたが、やがてエリアスの気持ちを察したのか、野性味を滲ませた目つきになった。舐めるようにじっと見つめられたのははじめてだった。

エリアスは高揚した。人に見つめられて気持ちが高ぶる日が来るなんて、思ってもいなかった。顔からはじまり、胸も腹も腕や足までも熱くなってくる。

内なる自分に操られるようにして演奏を終えたエリアスは、アランと視線を絡めたましばし呆然とした。ゆっくりと立ち上がるアランから目が離せない。彼はエリアスの手から笛を取り上げ、ケースに入れてくれた。そして手を引いて、寝室へと促したのだ。

寝室にはランプがひとつ、寝台横のチェストに置かれている。赤みを帯びた黄色い光がゆらゆらと揺れるだけで、かなり暗い。闇の中にぼんやりと浮かび上がる寝台を目にして、エリアスはわずかに我に返った。いまから自分がなにをするのか。なにをされるのか。

それが繋いだ手から伝わったのだろう。アランがいきなりエリアスを下からすくい上げるようにして抱き上げた。

「ア、アラン……?」

慌てるエリアスに構わず、アランは確かな足取りで寝台へ歩み寄る。使用人によってきれいに整えられた敷布の上に下ろされた。すぐ起き上がろうとしたエリアスに、アランがのし掛かってくる。

鼻先が触れるほどにぐっと顔が寄せられた。横顔にランプの光を受けたアランは、さっきよりもっと野性的な表情になっている。その目に射竦められて、動けない。

「エリアス、腹を括ったんだろう？　逃げるのはなしだ。もう俺のものになれ」

恫喝じみていながら、熱く蕩けるような色気も含んだ低い声が、正面からぶつけられる。心臓を鷲摑みにされたような気分になった。なにもかも、エリアスの身も心も、過去も未来も、すべてアランに知られて、支配されているみたいに。

「エリアス」

唇が重なってきた。何度か啄むよう吸われて、唇がじんと痺れる。アランの大きな手がエリアスの顔中を撫で、髪をまさぐった。そのうちアランの唇が、唇から離れなくなった。深く重なったまま舌が口腔に侵入してくる。

ここまでならアランに何度かされたことがあるので驚かない。エリアスはみずからも舌を差し出しておずおずと絡めながら、両手をアランの背中に回した。しっかりと筋肉がついたアランの体は厚みがあり、小柄なエリアスが抱きつくと両手の指先がなんとか触れ合うという感じになる。

「ん、ん、ん……」

アランの舌が大胆に口腔を嬲ってくるので、エリアスは懸命に応えた。気持ちいい。舌と舌を絡めたり擦り合ったりすると、背筋がぞくぞくすほどの快感が生まれる。さらにアランの舌は縦横無尽に動き、エリアスを翻弄した。

「あっ」

体のあらぬところに刺激を受けて、エリアスはハッとした。下腹部にアランの手があった。いつの間にか、そこが部屋着の下で熱を帯びていて、包みこむようにアランの手が置かれている。

「あ、あ……」

緩く揉むようにされて快感が広がっていく。またたく間に性器が固くなっていくのがわかって、エリアスは動揺した。当然のことながら、他人の手でこんな状態にされたのははじめてだ。

「待って、待ってください、そんなにしないで」

「まだ服の上から撫でているだけだろ」

「でも、でも……」

怖じ気づくエリアスに構わずに、アランは部屋着の腰紐を解いてしまう。服の中にするりと手を入れられて息を飲んだ。勃ち上がったものにアランの指が絡みつく。あまりの心地よさに全身から力が抜けた。

気持ちいい。気持ちよくてたまらない。自慰ですら滅多にしないエリアスは、アランが与えてくれる直接的な愛撫に溺れた。

「あ、あ、あ……っ！」

我慢なんてほとんどできなかった。あっという間に性感が頂まで達し、射精してしまう。服の中で放出してしまった。出している最中もアランが性器を扱くから、頭が真っ白になるくらい気持ちがよかった。

「脱がすぞ」

予告したアランがエリアスの体から服を剝ぎ取っていく。放心状態でぼんやりと天蓋を見上げているエリアスは、人形のようにされるがままだ。一糸纏わぬ姿にされて、アランにまた見つめられる。彼がどこを見ているのかわかるくらい、視線に熱を感じた。

裸体は何度も見られてきた。秘境の泉で体を洗ってもらったこともあった。けれどこんなふうに寝台の上で、愛されるために全裸になったのははじめてだ。

見られていると思うだけで、ふたたび熱くなってくる。一度放出したはずの性器が、じわじわと力を取り戻しつつあるのが自分でもわかった。恥ずかしくて視線から逃れるように横向きになって背中を丸める。

「なにをしている？」

「……恥ずかしい……」

「可愛いこと言うなよ。滾るだろ。これでも抑えているんだ」

アランが低く囁いてくるから、エリアスは首を竦めた。アランの声はダメだ。それだけでうなじのあたりがぞくぞくしてしまう。

「あの……ごめんなさい。私だけ先に……」

「謝ることはない。俺がエリアスのいくときの顔を見たくてしたんだ」

とんでもないことを言われて顔が燃えるようにカッカした。達した瞬間をじっくり見られていたのだ。いったいどんな顔をしていたのか、恥ずかしくてたまらない。

「ひゃっ」

背中を上から下へと撫でられて、変な声が出てしまった。

「きれいな背中だ。何度見ても、そう思う。この小さな尻も——」

「あっ」

両手で尻を摑まれ、揉まれた。手触りと弾力を味わうような、いやらしい手つきだった。

「どこもかしこも、きれいだな」

感嘆されるほど自分の体がきれいだとは思っていないが、アランが気に入ってくれているのなら嬉しい。

寝台がかすかに軋み、背中にあたたかな肌が重なってきた。知らないあいだにアランも服を脱いでいたらしく、抱き寄せられて、素肌の感触にうっとりした。背中に響くアランの鼓動が愛しいと思う。

「エリアス……」

後ろから抱きしめられて、耳の後ろや項にくちづけられた。耳朶を甘嚙みされて首を竦めた。

背中に固くて熱いものが押しつけられている。それがアランの屹立だということはわかっていた。さっき自分だけ先に気持ちよくしてもらったから、お返しになにかしたいと思う。振り向いて手で扱けばいいだろうか。それとも、もっとなにか別のことだろうか。

「アラン、私はなにをしたらいいですか」

逡巡した末に、結局、直接聞いてしまった。耳元でアランが含み笑いをする。

「なにもしなくていい。俺が好きなようにおまえを弄るのを、許してくれるだけでいい」

許すもなにも、閨に関する経験も知識もないエリアスは、すべてをアランに任せるつもりだ。好きなように弄るという言い方をしたけれど、アランは絶対にエリアスに酷いことはしないと信用していた。

「ひとつ、頼みごとをしていいか？　快不快ははっきり言葉にしてくれ。俺はおまえより経験値が高いが、おまえとこんなことをするのははじめてだ。人の体っていうのは千差万別で、どこがいいか悪いか、なにをされると気持ちいいか悪いか、みんなちがうものだ。俺は、エリアスを大切にしたい。なにも我慢させたくない。俺にされていやなこと、気持ち悪いことがあったら、隠さず言ってくれ」

「変なことを言いますね。アランにされていやなことなんて、きっとありませんよ」

「いや、そういう次元の話じゃなく……って、まあ、いいか。その都度、こっちから聞くことにするか」

ひとつ息をつき、「仕切り直しだ」とアランが呟いた。顎先を指ですくうようにされて、またくちづけられる。後ろに捻った首が痛いなと思ったらコロリと体の向きを変えられ、向かい合って深く舌を絡めた。アランが猛った性器をエリアスの腹に押しつけてくる。煽られるようにしてエリアスもふたたび兆してきた。

「あ……んっ」

大きな手が二人の性器をまとめて握った。上下に扱かれて、痺れるような快感に包まれる。好きな男のそれと自分のものが密着していると思うだけで、喘ぎが止まらない。濡れた音がするのはなぜなのか。恐る恐る視線を向けてみたら、恐ろしいほど卑猥な光景があった。アランの太くて長くて赤黒い性器と、それよりもずっと細くて白い自分の性器がぬらぬらと光りながらくっついている。アランの性器の先端からは、だらだらと透明な液体がとめどなく流れ出していた。

「いや、いやです……」

淫らすぎて見ていられない。こんな破廉恥なこと、耐えられない。それなのにどうして視線を逸らすことができないのか。どうして性器は萎えないのか。

それに——どうしてエリアスは両足を広げ、アランの腰を挟むような体勢になっているのか。アランが扱きやすいようにみずからそうしたような気がするけれど、信じたくない。羞恥のあまり、顔から火が噴きそうだった。

「やめてください、もういや、いや」

アランにされていやなことがあったら言えと言われていた。エリアスは両腕でアランの胸を押し、離れようとした。けれど両腕には思ったように力が入らないし、アランの体は重くてそう簡単には退かせられない。アランに退く気がないのは明らかだった。

「いやなことがあったら言えって言いましたよね？」

「はじめたばかりなのになに言ってんだよ。これからもっと凄いことするつもりなんだぞ。この程度で音を上げられたらなんにもできないだろ」

呆れた顔をされて、エリアスはぐっと言葉に詰まる。たしかにまだ性交の序盤だろうし、男同士も男女とおなじく最終的には体を繋ぐ行為まですることは知っていた。

「ここで終わるか？　俺とはもうしたくないのか？」

「そんなことは言っていません」

即座に否定したら、アランがニッと笑ってさらに手を動かしてくる。蕩けそうな快感にのけ反り、悶えた。

「ほら、気持ちいいだろ」

わざわざ聞かなくても、見ればわかるだろうに、アランは意地が悪い。なにも言いたくなくて、エリアスはぐっと奥歯を噛みしめる。

「どうだ？　気持ち悪いか？　止めた方がいいか？」

「……悪くは、ないです……」

仕方がないので答えた。

「恥ずかしいだけなら、続けるぞ」

「ああ、ああ、ああっ、いやぁ、やっ、待って、そんな、待っ……！」

「すげぇ、いい。エリアス、やらしいな、こんなに足を開いて。凄く気持ちいいだろ？」

「やあっ、しないで、そんなの、ああっ、あっ」

敷布がどんどん乱れていく。全身から汗が噴き出した。

「気持ちいいだろ？　エリアス、どうだ？」

「いい、いいから、いいからもう、もうっ」

「また気をやるか？　いくらでもいっていいぞ。最高に可愛いな、いい声だ、たまらない……。

あー、俺もそろそろやばい」

「ああっ、あーっ、いやぁ」

「悶え方まで可愛いって、なんだよ。おまえ、よくいままで無事だったな」

「やあっ、しないで、もう、もう……っ」

「くそっ、離さないからな、俺のもんだ、おまえは俺の――」

荒い息の合間にアランがいろいろと言っていることはわかっていたが、エリアスはもはや意味のある言葉として受け取る余裕はなくしていた。はじめての激しい快感に全身を火照らせ、涙をこぼし、嬌声を上げた。

「こっちも弄っていいか?」

いまにも爆発しそうな性器の下にある陰嚢も先走りの露まみれだ。それを揉むようにされてエリアスはまた泣いた。気持ちよくてたまらない。さらに胸の飾りを舐められ、吸われ、そこも感じる場所なのだと教えこまれた。

「乳首も気持ちいいだろ」

「いい、いいです」

言わされて、泣かされて、二度目の吐精を迎えた。

アランが迸らせた大量の体液に腹を汚されながら、とろとろと少量の白濁をこぼす。自分の腹の上で混ざり合う二人の体液が不思議で、エリアスは無意識のうちに両手でかき混ぜていた。そして指についたそれを、深く考えることなく口に運んだ。

変な味がして「まずい……」と顔をしかめたら、なぜか興奮したアランに貪るように唇を吸われた。舌を絡められて唾液を啜られ、上顎を執拗に舐められて舌を甘噛みされる。なにをされても快感になった。全身が敏感になってしまい、背中を撫でられただけで三度目を兆した。

尻の谷間にアランが指を挿入してくる。そんなところに触れられたのは、もちろんはじめてだ。それなのに、どうしようもなく気持ちよかった。自分の体なのに自分の知っている体ではない。別物になってしまったようで、怖くて、エリアスはアランにしがみついて「助けて」と訴えた。そんなふうに変えた張本人だというのに。

「こわい、助けて、たすけて」

「なにが怖いんだ？」

「そこ、あ、んっ、そこきもち、いいっ」

挿入された指が二本に増やされても、痛みはなかった。アランが上手いのか、それともエリアスの体がおかしくなってしまったのか。

もっとしてほしくて、エリアスはグスグスと泣きながらアランに腰を擦りつける。

「あっ、そこ、もっとして、もっと」

「していいのか？」

「いや、こわい、もうしないで」

「どっちだよ。クソ可愛いな、もう」

はあ、と吐かれたアランの熱っぽいため息にも耳が感じる。さらに指が増やされ、さすがに苦しかったが、それすらも深い快楽に変換されていく。

「もう俺が限界だ。エリアス、入れていいか。おまえとひとつになりたい」

いいか、と尋ねながら、もうアランはエリアスのそこから指を抜き、我慢に我慢を重ねた剛直をそこにあてがっていた。

日頃の慎みをなくしたエリアスは、いま頭の中が淫らなことでいっぱいになっている。両膝の裏に手を添えて、みずから秘密の場所を晒した。アランしか触れることを許していない、花園だ。ゆらゆらと揺れる細みの性器も、小ぶりな陰嚢も、指でじゅうぶんに解されて先走りの露でぬらぬらと光っている窄まりも、すべてアランのためのものだった。

ごくりとアランの喉が上下する。

「アラン、どうぞ、来てください」

「エリアス……」

「私もあなたとひとつに――」

なりたい、と言い終わる前に、貫かれていた。灼熱の杭を打ちこまれ、エリアスはあまりの衝撃に一瞬、意識を飛ばした。しかしすぐに、動き出したアランによって現実に引き戻される。痛みはあった。けれど同時に性器を扱かれて、胸も弄られて、くちづけもされて、しだいにどこが気持ちよくてどこが痛いのか、わけがわからなくなってくる。体の深いところを擦られて、抉られた。なにもかもがもみくちゃにされる。絶え間なく声が出て、エリアスはアランにしがみついた。

「アラン、アラン、こわい、こわいっ、あーっ！」

「ああ、エリアス……！」

腹の奥の奥に熱いものが注ぎこまれたのがわかった。アランが腰を震わせて長々と射精する。最後の一滴まで絞るようにして吐き出したアランのものが、ずるりと抜けていった。

「エリアス……」

アランの逞しい腕で抱き寄せられ、力の入らない腕でなんとか縋りつくようにして抱き返す。

これで身も心もアランと繋がることができた。アゼルとオーウェルのように、ずっと仲良く暮らしていけるといい。どこで生きていくことになろうと、アランがそばにいてくれれば大丈夫——。

「エリアス、もう一度いいか」

「えっ……」

後ろの窄まりに指が入れられる。限界まで広げられていたそこはまだ閉じていなかった。アランの指を二本も楽に迎え入れてしまい、かき回されても快楽しか生まない。剥き出しの神経を嬲られるような強烈な快感に、エリアスは無理やり覚醒(かくせい)させられた。

寝台に伏せるように体勢を変えられ、背後からアランが重なってくる。さっきよりも大きく感じる屹立で貫かれた。揺さぶられると、中に注がれたアランの体液が混ざって、酷い音を立てる。羞恥を感じたのは一瞬だ。すぐにまたなにもわからなくなった。

「ああ、ああ、アラン、アランッ」

気持ちよくて体が勝手に反応する。尻だけを高く掲げる格好にさせられていることなど構わず、エリアスはアランが望むように腰を振り欲しがるだけ与えた。それが自身の喜びになった。

「あーっ、あっ、あーっ、いい、いいっ、アラン、あーっ」

「エリアス、ああ、エリアス、可愛い、可愛い」

「アラン、アラン」

「可愛い、エリアス、そんなにいいのか？　俺もいいよ。ああ、可愛い」

譫言（うわごと）のようにアランが繰り返す。あまりにも囁かれるから、エリアスは自分がちいさくて可愛らしい存在になってしまったのかと錯覚（さっかく）を起こしそうになるほどだった。

それから体の中に何度も出された。アランの精力は底なしなのか、エリアスの腹がかすかに膨れるほど注いでも、まだ挑めるほどだった。何度目かの行為の途中で、エリアスはとうとう気を失った。反応がなくなったエリアスに驚いたアランがやっと繋がっていた体を離し、抱き上げてとなりの浴室に連れて行ったのだが、隅から隅まできれいに洗われても、疲れ果てたエリアスは翌朝まで目覚めなかった。

◇

オーウェル家の庭に、エリアスの笛の音が優雅に響き渡る。

テラスに置かれた椅子に座り、アランは目を閉じてそれを聴いていた。

季節はすっかり秋になり、庭師が丁寧に手入れしている庭木が種類によって紅葉しはじめていた。ティーテーブルを挟んだ向かい側で、エリアスが笛を吹く。伸びやかに、しなやかに、音は美しく流れた。ときには軽快に跳ね、小鳥のように歌い、聴く者を魅了する。

エリアスの笛の腕は、最近ますます磨かれてきた。オーウェルの好意で静養に専念できているおかげだろう。たっぷりある時間を、エリアスは笛の練習に使っていた。

こうして天気のいい昼下がりに、美しい庭園で美しい音に耳を傾ける至福。しかも演奏しているのは最愛の恋人だ。アランは一心に笛を吹いているエリアスを、じっと見つめた。

(清楚な王子様にしか見えないのになぁ)

一旦、淫らになると人が変わったようになるエリアスを思い出して、アランはニヤニヤしてしまった。

はじめてエリアスを抱いた夜は素晴らしかった。発情期でもないのに、アランは溜まりに溜まった激情をこれでもかとぶつけてしまったわけだが、エリアスは健気にもすべてを受け止めてくれた。最初は未知の行為がもたらす未知の感覚に戸惑い、アランを制止しようとしたが、途中からメロメロになって可愛かった。泣きながらしがみついてきて、「こわい、たすけて」と呂律が回らない訴えをされたときは、危うく漏れるところだった。感じすぎるほどに敏感な体だったエリアスは、アランの動きにいちいち反応して喘いで、何度も達していた。

我を忘れて貪ったのは、アランにしてもはじめての経験だった。発情期に娼妓を買ったときだって、これほど熱くはならなかった。

アランは百年生きてきた。経験だけは積んでいたが、じつは知らないことが多かったと、エリアスと出会って気づいた。

心から愛しいと想い、生涯連れ添いたいほどの相手に出会ったのは、エリアスがはじめてなのだ。気に入って馴染みになっていた娼妓を抱くのとは、快感も満足感も雲泥の差だった。

（相愛の相手との性交とは、あれほどに人を溺れさせるものなんだな……）

翌朝、目覚めたエリアスは喘ぎすぎで喉が嗄れ、しゃべれなかった。自力で起き上がることもできなかった。やり過ぎたせいだと明らかだったのでアランは謝罪し、反省の意味をこめてあれこれと身の回りの世話を焼いた。

エリアスはムッと押し黙ったまま、目も合わさずに一日寝台に横たわり、安静にしていた。

その夜、アランはいままで使ったことがない、もうひとつの寝台で寝ようとした。二晩続けて手を出すつもりはなかったが、散々な目に遭ったエリアスはアランに腹を立てている。一言も口をきかなかったことから、それは明白だ。

ところがエリアスはアランを呼んだ。掠れた声で、「どこへ行くのですか。ここに来てください」と手を伸ばしてアランの服の裾を摑み、引き留めた。

怒ってなどいない、ただ昨夜は自分で驚くほど乱れてしまったので恥ずかしく、どんな顔をすればいいかわからなかっただけだ、とエリアスはアランにしがみつきながら胸の内を明かしてくれた。こんな可愛らしい男が、ほかにいるだろうか。

アランはエリアスが望むように横に入りこみ、手を繋いで寝た。

あれから何度か性交している。アランとしては毎晩でもしたいくらいだが、エリアスの体調を考えて、二日か三日に一度にしていた。誘えばエリアスは断らない。恥じらいながらも応えてくれた。抱くたびにエリアスの感度はどんどん増していき、最近ではアランが白旗を揚げることもある。

(困るよなぁ、俺の伴侶は若いからさ)

八十歳以上も若い嫁をもらったことになるアランは、嬉しい悲鳴を上げているところだ。

エリアスはアゼルから竜人族の寿命を聞いたらしい。それについてエリアスと話し合ってはいないけれど、アランは特に問題視はしていなかった。

アランはもう百歳だ。竜人族は高齢になると竜体に変化できなくなる。寿命を迎えるとき、すべての竜人は人間の姿で死ぬのだ。だからエリアスが健康に気をつけてあと八十年くらい生きてくれれば、そのときアランは百八十歳。ぼちぼち竜体に変化できなくなっている頃だと思うので、たとえ狂ってもこのあいだのように城を半壊するほどに暴れることはないだろう。

不慮の事故や流行病でエリアスが早死にすることだけは気をつけなければならない。

オーウェルとアゼルのおかげで時間だけはたっぷり与えてもらった。冬のあいだにエリアスと話をして、春になったらどう動くか決めたいと思っている。

(なに、エリアスさえそばにいてくれれば、俺はほかになにも望んでいない)

どこでだって生きていけるという自信が、アランにはあった。

人の気配がしてアランが振り向くと、テラスからオーウェルとアゼルが揃って庭に出てくるところだった。エリアスも気づいて笛を下ろす。

「邪魔してすまない」

城から戻ったままらしく、オーウェルは騎士服を着ている。さすがに貫禄があり、オーウェルのために考えられた意匠かと思うほど似合っていた。

使用人が何人か出てきて素早く椅子を追加し、お茶の用意を整えていく。オーウェルとアゼルが座ると、早速「話がある」と切り出してきた。

「今日、二人の今後の処遇が決定した。ただし、この決定は絶対ではない。アランと殿下の気持ち次第で変更は可能だ」

エリアスが笛をテーブルに置き、居住まいを正す。

「まず、われわれは来年の春以降も二人の滞在を許可する。定住する気があるなら、王都内に手頃な屋敷を提供することができる。もちろん、このまま私の屋敷に住み続けてくれても構わない。アゼルもそれについては賛成してくれている」

オーウェルの横でアゼルがにっこりと笑顔になった。エリアスが喜色を浮かべる。

「ありがとうございます。まさか定住してもいいと言ってもらえるとは、思ってもいませんでした。私はこの街の雰囲気がとても好きです」

「気に入ってくれてありがとう」

「俺はべつにどこで暮らしてもいいと思っている。エリアスが引き続きここにいたいと望むなら、そうしてあげたい」

アランの意見に、オーウェルが鷹揚に頷く。

「近いうちに、我が国とコーツ王国は国交を回復させ、平和条約を締結するだろう。ルーファス殿下からの提案だ」

「兄が……」

嬉しそうにエリアスがアランを振り返る。「よかったな」と手を握ってやると、鳶色の瞳を涙で潤ませた。これでコーツ王国がいい方へと向かってくれるといい。アランはコーツ王国に好感情を抱いていないが、エリアスにとっては母国だ。仲のいい兄と、母親と、世話をしてくれていた侍従がいる。平和になるのが一番なのだ。

「国交が正式に再開されれば、殿下のお母様を呼び寄せることもできるみたいですよ」

「そうなんですか。ありがとうございます」

アゼルが付け加えてくれて、エリアスはとうとう涙をこぼした。可愛い恋人の泣き顔を、アランとしてはあまり他人に見せたくない。それがオーウェルとアゼルだとしても。

涙を拭いてあげているアランに、将軍が「アランは武術の訓練を受けたことがあるか?」と唐突に尋ねてきた。

「武術? なんの?」

「剣技や弓、乗馬も含めて、経験は?」

「まったくない」

竜人族にはそうした技術を磨く習慣はない。必要なかったからだ。そもそも教える者がいなかった。

「その立派な体格がもったいないと思わないか。私の元には、教えるのが上手い騎士が何人かいるんだが、どうだ?」

「俺に騎士になれと言うのか」

あまりにもびっくりして目を丸くすると、オーウェルがニッと笑う。まるで悪巧みをする子供のように。

「騎士になれるかどうかは、おまえ次第だ。ただ体力だけはありそうだから、軍人向きだとは思う。仕事として軍籍につけば、給料が出るぞ。殿下との生活に余裕が持てる。殿下の世話を焼いて、殿下の笛を聴くだけの生活もいいが、ありあまる時間をこの国のために使ってみないか。住み心地のいい風がもっと吹くぞ」

オーウェルの言いたいことは理解できる。タダ飯食らいはほどほどにして、働けというわけだ。その方が昨日まで敵国だったコーツ王国の第九王子であるエリアスが、この国で暮らしやすくなると。

(騎士か……)

考えたこともなかった。刃物は日常的に使っていたが、剣を振るったことはない。弓も引いたことがないし、馬にも乗ったことがなかった。たしかに、エリアスはもう元気になってきたし、時間が余る。挑戦してみるのもいいかもしれない。

「おまえは、どう思う？」

　エリアスに意見を求めると、目をキラキラさせてアランを見た。

「騎士になったら、将軍が身につけているような騎士服を着るのでしょう？　絶対にアランは似合うと思う！」

　賛成のようだ。

「よし、わかった。将軍、よろしく頼む」

「任せろ。鍛(きた)えてやる」

　オーウェルが不敵に笑うものだから、アランはちょっとだけ嫌な予感がした。しかしエリアスが望むのなら多少のしごきに負けていられない。騎士になったらきっと感激して、アランにたっぷりと「ご褒美」をくれるかもしれないではないか。

「殿下はこれからどうなさいますか」

　アゼルがちらりとテーブルの上に置かれた笛を見る。

「以前、音楽の手解きはお母様から受けたと聞きました。もし一から音楽を学びたい、色々な楽器に触れてみたい、同年代の友人を作りたいと思うのなら、王立音楽院に入って勉強してみるのもいいかもしれませんよ」

この提案に、エリアスの顔がさらに明るくなる。

「私が、音楽院に……?」

「この国の音楽院に、入学資格はとくにないそうです。コーツ王国では音楽は貴族の嗜みのひとつでしかなく、音楽を生業とする人たちはすべて平民の身分だと聞きました。ですが、この国ではそうした区別はありません。ただ音楽が好きで、学びたいという気持ちがあればだれでも音楽院に入れるみたいです」

「だれでも――」

エリアスは笛を手に取り、優しく撫でた。音楽院に入学することに前向きになっているのが伝わってくる。アランも賛成だ。音楽家になれば危険な場所に出向くこともないだろう。エリアスには安全な場所で好きなだけ音楽に触れていてもらいたい。

「一曲、吹いてくれないか」

オーウェルに頼まれて、エリアスが笛を構える。澄んだ音が庭に広がった。いまのエリアスの心情を表すように、軽やかに弾む旋律が響き渡る。

サルゼード王国王都マクファーデンからコーツ王国王都コベットへと届けとばかりに、エリアスが気持ちを乗せて笛を吹いているように感じた。

AFTERWORD

# あとがき

——名倉和希——

こんにちは、はじめまして、名倉和希です。なんと竜の二冊目です。激しく嬉しいです。

本作は二〇一九年秋発行の「竜は将軍に愛でられる」のリンク作になっていますが、もちろん単独でも読めます。

前作では敵として国名だけ出ていたコーツ王国の王子が、本作では黒竜と運命的な出会いをします。今回は黒い竜ですよ。漆黒のでっかい竜！　強そうです。コーツ王国の王様じゃなくてもドキドキしますね。

紆余曲折の末、王子と黒竜は愛情で結ばれるわけですが、このあと、アランは成り行きで騎士を目指すことになります。エリアスは音楽学校の学生になります。集団生活に慣れないアランがストレスを爆発させて王都を飛び出したり、エリアスの友達に嫉妬したりと、色々とやらかしそうです。エリアスも、ランディに鍛えられてますますカッコよくなっていくアランに王城勤めの女性たちが熱視線を送りまくるので、ヤキモキするでしょう。

でもまあ、ランディとアゼルが見守っているし、ケンカを繰り返しながらも仲良くしていくのではないでしょうか。とにかくエリアスには長生きしてもらいたいです。

ほかにも竜人と人間のカップルを成立させたいところですが、やはりネックになるのは寿命問題。だれだ、こんな設定を考えたのは！　私です……。

今回もイラストは黒田屑先生です。これまたカッコいいアランと凜々しくも愛らしいエリアスを描いてくださいました。ありがとうございます。黒田先生のおかげで物語がより膨らみました。

この本が世に出るころは、もう春ですね。そろそろ桜のつぼみが綻びはじめ、杉の花粉が飛び交い――という時期でしょうか。我が家には花粉症の家族がいるので、外に洗濯物を干せるのは真冬だけです。春、夏、秋の三シーズンは部屋干し。辛いです。花粉症のみなさん、頑張って乗り切りましょう。

それでは、またどこかでお会いできることを願って。

名倉和希

この本を読んでのご意見、ご感想などをお寄せください。
名倉和希先生・黒田 屑先生へのはげましのおたよりもお待ちしております。

〒113-0024　東京都文京区西片2-19-18　新書館
[編集部へのご意見・ご感想] ディアプラス編集部「王子は黒竜に愛を捧げる」係
[先生方へのおたより] ディアプラス編集部気付 ○○先生

- 初 出 -
王子は黒竜に愛を捧げる：書き下ろし

[おうじはこくりゅうにあいをささげる]
王子は黒竜に愛を捧げる

著者：名倉和希 なくら・わき

初版発行：2020年3月25日

発行所：株式会社 新書館
[編集] 〒113-0024
東京都文京区西片2-19-18　電話（03）3811-2631
[営業] 〒174-0043
東京都板橋区坂下1-22-14　電話（03）5970-3840
[URL] https://www.shinshokan.co.jp/

印刷・製本：株式会社 光邦

ISBN978-4-403-52503-2 ©Waki NAKURA 2020 Printed in Japan

定価はカバーに表示してあります。乱丁・落丁本はお取替え致します。

無断転載・複製・アップロード・上映・上演・放送・商品化を禁じます。

この作品はフィクションです。実在の人物・団体・事件などにはいっさい関係ありません。